Bianka Minte-König

Freche Mädchen 2

Das Buch zum Film

Planet Girl

Ich und du und sonst noch was?

»Ich glaub's ja nicht!«, rutschte es mir heraus, als meine Freundin Kati auf dem Schulhof an mir vorbeihetzte und mit den Worten »Tobi wartet da drüben auf mich« zum Getränkeautomaten verschwand. He, hallo! Ich bin's, Mila, deine beste Freundin, die mal dringend eine Beziehungsberatung von dir braucht! Keine Chance! Kati war mal wieder für die Welt und ihre Freundinnen verloren. Ein Schmachtblick aus Tobis blauen Augen und sie schmolz dahin wie ein Erdbeereis in der Sommersonne. Jedenfalls war sie genauso rot und verflüssigt! Da musste ich also auf Hanna warten. Die war hoffentlich noch normal. Obwohl, seit Branko plötzlich seine Leidenschaft für das Musikbusiness entdeckt und sich selbst zu ihrem Manager ernannt hatte, hegte ich da auch gewisse Zweifel. Ich sage nur: Tonstudio im Gästeklo! Aber dazu später mehr. Erst mal sehen, wie sie heute drauf war.

Ich ging unruhig vor dem Schultor auf und ab und blickte dabei auf meine Armbanduhr. Hm, wo blieb sie nur? Gleich würde es klingeln und wir hatten Mathe bei Herrn Reitmeyer. Den nannten alle nur Rumpelstilzchen, weil er immer so wirkte, als würde er vor Freude um sein Feuerchen tanzen, wenn er seine Schüler mal wieder mit einer fiesen Arbeit so richtig reingelegt hatte. Leider tanzte er oft, weil er Schüler aus Prinzip nicht leiden konnte. *Ach, wie gut, dass niemand weiß, dass ich Rumpelstilzchen heiß!*

Wir hatten ihn durchschaut, aber das half uns auch nichts. Der behielt immer die Oberhand, schon von Amts wegen. Gut, dass nicht alle Lehrer so gepolt waren wie er.

Ich erwiderte dankbar das Lächeln von Frau Kempinski, die gerade den Schulhof betrat, und spitzte um die Steinsäulen der Einfahrt. Nichts von Hanna zu sehen und es klingelte auch schon. Hm, sie war doch nicht etwa krank? Ich nahm die Beine in die Hand und rannte quer über den Schulhof zum Schuleingang, sauste mit riesigen Schritten die Treppe rauf und schaffte es gerade noch, vor Rumpelstilzchen in die Klasse zu rutschen. Keuchend ließ ich mich auf meinen Platz neben Markus fallen, von dem ausgerechnet Vanessa wie von einer Tarantel gebissen bei meinem Eintreten hochgespritzt war.

Markus grinste mich freundlich an, was ich aber ignorierte.

»Was macht diese dumme Kuh auf meinem Platz? Hast du mit ihr geredet?«, fauchte ich ihn stattdessen an. Wenn ich ein Mädchen aus meiner Klasse überhaupt nicht ausstehen konnte, dann war es die blondierte Vanessa, die sich, seit wir in einer Klasse waren, an Markus ranschleimte. Und nur, weil sein Vater einen Reiterhof hatte und sie sich für eine tolle Reiterin hielt! Grausam! Dabei war doch Markus nun mein Freund und sie hatte sich gefälligst von ihm fernzuhalten. Was? Ob ich eifersüchtig bin? Klar! Wer wäre das nicht, wenn sich so ein blondes Gift an seinen Freund heranmachte. Schließlich ist Markus schon ziemlich attraktiv. Ich meine damit nicht nur sein gutes Aussehen, seine vollen dunklen Haare, sein pfiffiges Grinsen und die ziemlich coolen Klamotten, die er so lässig trägt. Er hat auch Humor, ist total vielseitig interessiert und hat mich eigentlich immer unterstützt, wenn ich mal etwas Außergewöhnliches gewagt habe. Klar, dass es auf so einen Jungen auch noch andere Mädchen abgesehen hatten, egal ob er an mich vergeben war oder nicht! Ja, und Vanessa gehörte auch dazu, die würde ihn mir lieber heute als morgen ausspannen und jedes Mittel schien ihr recht zu sein.

»Was wollte sie auf meinem Platz?«, blaffte ich Markus noch einmal an, als Rumpelstilzchen von der Tafel herüberdonnerte: »Mila, Markus – möchtet ihr auseinandergesetzt werden oder könnt ihr eure Privatgespräche auch so einstellen? Ich möchte mit dem Unterricht beginnen.«

Natürlich schwiegen wir abrupt, denn mit Rumpelstilzchen war nicht zu spaßen.

Ich zog mein Mathebuch aus dem Rucksack und legte es auf den Tisch, dann ließ ich meinen Blick durch die Klasse schweifen. Äh … das war doch Hanna, die mich da gut gelaunt angrinste. Wo kam die denn her? War sie heute schon so früh zur Schule gekommen, dass sie vor mir da war und ich ganz vergebens auf sie am Schultor gewartet hatte?

Egal, Hauptsache, sie war da. Am besten ich schrieb ihr und Kati mal eben ein Briefchen, ehe sie in der nächsten Pause mit ihren Jungs in irgendeinen Knutschwinkel verschwanden. Es war wirklich höchste Zeit, dass wir uns mal wieder trafen. Ich schlug 16 Uhr bei mir vor und faltete die Briefchen so klein wie möglich zusammen, bevor ich sie auf die Reise schickte.

Klar, dass Vanessa sich wieder extra dämlich benahm und so die Aufmerksamkeit von Rumpelstilzchen auf sich lenkte, der ihr das Briefchen an Kati natürlich sofort abnahm. Wie immer las er es laut der Klasse vor und gab dann seinen Kommentar dazu ab.

»Soso, 16 Uhr bei Mila! Wenn ich noch mal so einen Zettel abfange, findet das Kaffeekränzchen beim Nachsitzen hier in der Schule statt! Haben wir uns verstanden, Mila, Katharina und Hanna?«

Wir nickten ergeben und senkten dann unsere Blicke ins Mathebuch. Nee, auf Strafstunden hatte ich wirklich keine Lust. Warum grinste Markus denn so frech?

»Ist was?«, zischte ich leise. Er zuckte die Schultern.

»Nö, find es nur lustig.«

»Was?«

»Dass du dich immer wieder zum Affen machst. Kennst Rumpelstilzchen doch …«

»Markus!«, polterte der erneut los. »Komm sofort an die Tafel!«

Gelassen erhob sich Markus und schlenderte dann relaxed nach vorne. Mann, hatte der Nerven. Na ja, er war ja gut in Mathe, da sah ihm Rumpelstilzchen so einiges nach.

Ich durfte mir allerdings gar nichts bei ihm erlauben, und seit ich für Brians Band Songtexte schrieb, die auch manchmal bei Schulfesten aufgeführt wurden, hatte er mich erst recht gefressen. Musik und Dichtkunst waren für Rumpelstilzchen Fächer, die man allenfalls an der Volkshochschule belegen konnte, als Hobby sozusagen. Für ihn zählte nur eins: die Mathematik! Ganz recht, die ganze Welt ist Zahl! Na, wenn er meinte. Was hatte Kiwi neulich so treffend auf die Frage nach der wichtigsten Zahl geantwortet: Sex!

Ja, wenn man nichts anderes im Gehirn hat, schlägt das manchmal Blasen! Ob es daran lag, dass er immer noch keine Freundin hatte? Armer Kiwi!

In der kleinen Pause verkrochen sich Kati und Hanna ausnahmsweise mal nicht mit ihren Typen, sondern kamen zu mir.

»Was gibt es denn so Dringendes?«, fragte Hanna und versuchte gleich, den Termin abzusagen. »Ich wollte eigentlich zu Branko ins Studio.«

Studio! Wenn ich das schon hörte. Diese Ansammlung von Eierkartons an Decke und Wänden im Gästeklo bei Branko konnte man doch wohl nicht Studio nennen. Ich konnte mir nicht vorstellen, dass so eine Behelfsdämmung tatsächlich derart schallisolierend war, dass man da eine anständige Demo-CD aufnehmen konnte. Nee, bei meinem Vater in Berlin, da hatten sie richtige Profistudios, da sollte Hanna mal lieber hin, statt hier die Zeit mit ihrem Hilfsmusikmanager zu vertun. Der hatte doch gar keinen Dunst, was die heutzutage im Musikgeschäft verlangten. Na ja, wenn's Hanna reichte!

War ja nicht mein Freund und nicht meine Karriere.

»Dann musst du das eben absagen. Ich finde, wir müssen mal was bereden und dafür muss Zeit sein.«

Nun mischte sich Kati ein. »Mir passt es aber eigentlich auch nicht«, sagte sie, um gleich entschuldigend hinzuzufügen: »Ich komme natürlich, wenn es wichtig ist ... aber ... Tobi und ich ...«

»Herrgott noch mal!«, platzte es aus mir heraus. »Könnt ihr eigentlich nur noch an eure Kerle denken? Klebe ich vielleicht die ganze Zeit wie ein Siamesischer Zwilling an Markus?« Ich gab mir gleich selbst die Antwort: »Nein, tue ich nicht, weil ich nämlich auch noch ein eigenes Leben habe!« Ich drehte mich wütend um und ging zu meinem Platz zurück, dabei sagte ich über die Schulter: »Also entweder ihr kommt oder ihr kommt nicht – ich werde ja sehen, was euch unsere Freundschaft überhaupt noch wert ist.«

»Zickenkrieg unter Busenfreundinnen?«, fragte Vanessa schadenfroh. Und Kiwi, der mal wieder nur Busen verstanden hatte, meinte lüstern zu ihr: »Du hast eh den dicksten!«

Diesmal riefen Vanessa und ich ausnahmsweise mal einstimmig: »Halt' s Maul, Kiwi!«

Sie kamen. Alle beide. Pünktlich um 16 Uhr liefen sie bei mir auf und brachten sogar Kuchen mit. Ich hatte Yogi-Tee gekocht und so hockten wir uns in mein Zimmer, zündeten Kerzen an und machten es uns richtig gemütlich. Wie lange war das her, dass wir hier so entspannt zusammengesessen hatten?

Auch Hanna und Kati konnten sich nicht mehr daran erinnern.

»Seht ihr, und das ist das Problem! Unsere Freundschaft geht ganz langsam und unauffällig in die Brüche und ihr merkt es nicht mal.«

Kati sah mich verwirrt an. »Wie kommst du denn auf die Idee, Mila?«

Und auch Hanna meinte: »Wo geht denn an unserer Freundschaft was in die Brüche?«

»Na, wenn ihr das nicht merkt!«, sagte ich empört. »Jede von uns – und ich bin da keine Ausnahme – hängt doch fast nur noch mit ihrem Freund ab. Kati mit Tobi, Hanna mit Branko und ich auch ziemlich oft mit Markus.«

»Das sagst du jetzt nur, weil Markus außerhalb wohnt und du ihn nicht genauso oft treffen kannst wie wir unsere Jungs«, meinte Kati.

»Nein, das sage ich nicht nur deswegen, denn ich will mich gar nicht häufiger mit Markus treffen!«, entgegnete ich ihr in einem entschiedenen Tonfall, der vielleicht ein bisschen scharf rüberkam. »Ich möchte mich nicht häufiger mit *ihm* treffen, sondern mit *euch*! Ich finde nämlich unsere Mädchenfreundschaft genauso wichtig wie die Freundschaft zu unseren Jungs.«

Hanna und Kati schwiegen einen Moment. Kati rührte nachdenklich in ihrer Teetasse, dann sagte sie leise:

»Aber es ist Liebe … weißt du … das ist schon etwas anderes …«

Oh nein! Ich hätte an die Decke gehen können. Natürlich war die Liebe zu einem Jungen etwas anderes als die Freundschaft unter Mädchen, aber war sie darum wertvoller? Weil Kati und Hanna das schließlich auch einsahen, beschlossen wir, uns nun wieder regelmäßig zu treffen.

»Weibernachmittag!«, sagte Kati lachend. »Nächstes Mal dann bei mir!« Wie damals, als wir noch unseren Hexenklub hatten, klatschten wir die Hände ab und sagten gleichzeitig: »So soll es sein!«

Es wäre doch gelacht, wenn wir das nicht unter einen Hut kriegen würden – unsere Mädchenfreundschaft und die Liebe!

Sich bei Kati zu treffen war toll. Sie hatte so ein herrlich gemütliches indisches Zimmer, in dem es auch immer exotisch nach Räucherstäbchen und aromatischen Teemischungen roch, womit ihre Mutter sie aus ihrem Esoterikshop reichlich versorgte. Außerdem kümmerten sich ihre Eltern immer sehr um sie und ihre Gäste. Auch heute brachte uns ihre Mutter Felix ein Tablett mit Keksen und Biolimonade und auch ihr Vater steckte mit freundlicher Neugier seinen Kopf ins Zimmer.

»Na, wollt ihr euren Hexenklub wiederbeleben?«, fragte Katis Mutter. Aber wir schüttelten einträchtig den Kopf.

»Der hat seinen Zweck erfüllt«, sagte ich lachend.

»Und das war welcher?«, wollte Katis Vater wissen und trat ins Zimmer.

»Einen coolen Freund für jede von uns zu besorgen!«, kicherte ich los. Wurde aber gleich knallrot, weil mir das mal wieder völlig spontan rausgerutscht war. Das ging doch Katis Eltern nichts an. Auch

Kati und Hanna stieg wegen der Peinlichkeit die Röte in die Wangen. Weil Katis Mutter das natürlich nicht verborgen blieb, sagte sie verständnisvoll lächelnd: »Wie schön so eine junge Liebe doch ist.«

Katis Vater schmunzelte und gab seiner Frau vor unseren Augen einen Kuss.

»Eine alte Liebe hat aber auch was!«, sagte er mit schmusiger Stimme.

Als Katis Eltern das Zimmer Arm in Arm verließen, sah ich ihnen einen Moment nachdenklich hinterher. Wie konnte es sein, dass sie nach einer so langen Ehe noch immer wie auf der Hochzeitsreise herumturtelten? Was war bei ihnen anders gelaufen als bei meiner Mutter, die es mit keinem Mann länger als ein halbes Jahr aushielt – oder er es mit ihr!

»Ganz schön verliebt, deine Eltern … immer noch …«

»Ja, dabei war es bei beiden die erste Liebe … wenn es bei mir und Tobi doch nur auch so lange halten würde …«

Solche Eltern wie Kati hätte ich auch gerne. Liebten sich wie am ersten Tag und hatten auch noch Zeit, sich um ihre Tochter zu kümmern und ihr Kuchen aufs Zimmer zu bringen. Paradiesische Zustände. Davon konnte ich als alleinerziehende Tochter nur träumen! Meine Mutter trieb sich mal wieder auf einem Fortbildungsseminar für Friseurinnen herum. Die interessierte sich mehr für Strähnchen als für mich!

Ich seufzte und Hanna sah mich mit einem nachdenklichen Blick an.

»Ich weiß nicht«, sagte sie. »Katis Eltern sind, glaube ich, eine ziemliche Ausnahme. Wenn ich so meine Mutter und meinen Vater betrachte, die sind nicht so schmusig miteinander … Ich glaube, meine Mutter kriegt jedesmal gleich ein Kind, wenn sie mit meinem Vater zärtlich ist … und äh ja, drei reichen ihr wohl erst mal.« Sie kicherte. »Vielleicht ist das der Grund, warum sie immer wie ein Geier darüber wacht, dass Branko nicht zu lange bei mir im Zimmer bleibt.«

Nun musste auch ich lachen, aber Kati wurde rot und stammelte: »... also meine Mutter hat da keine Probleme … und Tobi und ich …«

Wir wechselten das Thema.

»Hätte nie gedacht, dass Branko sich mal so für deine Gesangskarriere starkmachen würde. Ich habe immer angenommen, ihn würde außer Laufen überhaupt nichts interessieren. Hat er denn seine Laufschuhe ganz an den Nagel gehängt für dich?«

Hanna schüttelte den Kopf. »Nein, natürlich nicht, er sagt, er macht nur mal eine schöpferische Pause. Es kann nur einer Karriere machen, meint er, wenn's bei mir nichts wird jetzt, macht er mit dem Laufen weiter und will dann von mir unterstützt werden.«

»Finde ich fair«, sagte Kati, und weil sie offenbar an Tobi dachte, hatte sie einen total romantischen Blick.

»Ist es nicht toll, dass wir mit unseren Jungs so ein Glück haben?«, meinte sie dann, nahm sich entspannt ein Teenie-Magazin von einem Stapel Zeitschriften und blätterte darin.

Hanna nickte zustimmend, während Kati offenbar in dem Magazin auf etwas Interessantes gestoßen war und hoch konzentriert zu lesen begann.

»Was liest du denn da Spannendes?«, fragte ich neugierig.

»Ach nichts, äh, nur einen Test ... interessiert dich bestimmt nicht«, wiegelte sie ab, ohne jedoch von ihrer Lektüre aufzuschauen. Na, das musste ja ein rasend aufregender Test sein.

»Was ist denn das für ein Test?«, wollte ich es also gleich mal genauer wissen.

Kati errötete leicht, was ich zu ihren blauen Augen immer ganz süß fand. »Nichts Besonderes, Beziehungskisten ... wie immer.«

Aha, dann konnte ich ja sicher auch mal reinschauen. Ich fetzte ihr blitzschnell das Heft aus der Hand. Soso. Ich kicherte und las laut vor: »Der ultimative Partnertest: Ist dein Typ der Richtige für dich – Wie viel schafft er auf der Supertypskala?! Teste sein Aussehen, seinen Charakter und ...«

Hanna brach ebenfalls in Gelächter aus und fragte: »Na, Kati, wie viele Punkte hat Tobi denn erreicht? Wie ich dich kenne, fährst du doch voll auf diese Psychospielchen ab und hast den Test bestimmt gerade gemacht.«

Hatte sie wirklich. Deswegen war sie also so schweigsam gewesen.

»Nun rück schon raus mit dem Ergebnis«, verlangte ich jetzt ebenfalls. Aber Kati zierte sich.

»Macht ihr den Test doch erst mal, dann können wir anschließend unsere Ergebnisse vergleichen.«

Hm, das klang auch interessant. Ich schaute auf die Testseite, auf der noch nichts angekreuzt war.

Kati hatte den Test wohl nur im Kopf gelöst. Aber das galt natürlich nicht. Wenn wir unsere Ergebnisse vergleichen wollten, mussten wir die auch aufschreiben.

»Hol mal Papier«, schlug ich also vor, »damit wir die Antworten und Punkte notieren können. Wenn wir das machen, muss es objektiv und überprüfbar sein.«

Kati stand auf und holte kopfschüttelnd Papier und Stifte.

»Muss das denn wirklich so aufwendig sein? Ich kann euch doch auch so sagen, wie viele Punkte Tobi gekriegt hat, also …«

»Nein, nein, nein!«, wehrte Hanna nun ebenfalls ab. »Nichts verraten, wir wollen den Test auch machen, ganz unvoreingenommen …«

Kati kicherte,. »Aha, wer ist hier die testgeile Psychotante???!!!«

»DU!«, riefen Hanna und ich wie aus einem Munde und beugten unsere Köpfe über das Heft.

»Charakter … hm … was würdest du denn Branko geben, Hanna?«, fragte ich etwas verunsichert, weil mir der Bewertungsmaßstab noch nicht so klar war. Charakter umfasste schließlich viel und es war nicht gesagt, dass ein pflegeleichter Typ mehr Charakter hatte als einer, mit dem man öfter mal im Clinch lag. Das war schließlich alles eine Frage der Perspektive. Ich würde Markus zum Beispiel nie gegen Tobi eintauschen. Er mochte manchmal ein ganz schöner Macho sein, aber dafür war Tobi ein Langweiler … Uups, das hatte ich jetzt doch hoffentlich nicht laut gedacht?

Doch, hatte ich, denn Kati ging hoch wie eine Fontäne im Park und spritzte statt Wasser gleich Gift.

»So denkst du also von meinem Freund? Du bist ja vielleicht eine schöne Freundin!«, schimpfte sie. »Außerdem ist Tobi überhaupt nicht langweilig und ja, ich habe ihm zehn Punkte für seinen tollen Charakter gegeben.«

Meine Güte, was machte sie denn für einen Aufriss? Dass Tobi nicht der Spritzigste war, wusste doch jeder …

»Und was ist so toll an seinem Charakter? Komm, Kati, raus damit, was ist an Tobi zehn Punkte wert?«

»Er ist gutmütig und hilfsbereit und lustig und einfach total süß … er ist genauso lieb wie mein Vater … dem würde meine Mutter auch zehn Punkte geben, der macht eben immer alles richtig und das tut Tobi auch.«

Ich musste grinsen. Kati und ihre heile Welt. Ich hatte selten ein so harmoniebedürftiges Wesen erlebt. Sie hatte zudem noch eine ausgesprochene Begabung dafür, sich die Dinge so zurechtzurücken, dass sie genau ihrer Vorstellung vom perfekten Glück entsprachen. Hätte Tobi schiefe Zähne gehabt, hätte sie eben seine blauen Augen gelobt, und als ich einmal seine Haarfarbe straßenköterblond genannt hatte, meinte sie nur, dass die Farbe doch egal sei, die Hauptsache wäre, dass sein Haar schön dicht und kräftig wäre und man mit den Händen wunderbar darin herumwuscheln könnte.

Und da musste ich ihr sogar recht geben, denn in Markus' Haaren zu wühlen, besonders natürlich, wenn wir uns küssten, das war soooooooo schön!

Aber zurück zum ultimativen Partnertest.

War nicht eigentlich Hanna dran, etwas zum Charakter von Branko zu sagen? Das schien ihr nicht leichtzufallen, was ich sogar verstehen konnte. Der Junge war schon irgendwie schwierig. Aber dafür ungemein zielstrebig. Wenn ich nur daran dachte, wie lange er Hanna heimlich über das Handy umworben hatte. Das war schon traumhaft, eine geradezu filmreif inszenierte Lovestory mit allen möglichen Überraschungen. Ich seufzte in Erinnerung an unsere gemeinsame Jagd nach Hannas anonymem Handylover. Ich hatte ja bis zuletzt Markus in Verdacht gehabt. Na, gut, dass er es nicht war, denn dann könnte ich ja nun nicht mit ihm zusammen sein. Und das wäre megaschade, denn er war ganz klar ein Zehn-Punkte-Kandidat, und zwar nicht nur, was den Charakter anbetraf, sondern auch in Bezug auf Aussehen, Kleidung, Romantik und Zärtlichkeit.

Kati spitzte mir über die Schulter auf meinen Zettel.

»Das nenne ich langweilig«, sagte sie ironisch, »überall zehn Punkte. Kein bisschen besser als Tobi!«

Sie stutzte. »Warum hast du denn die Frage nach seinen Freunden noch nicht beantwortet?«

»Überflüssig. Auch zehn Punkte.«

Nun schaute Hanna aber von ihrem Zettel auf. Sie wirkte irritiert.

»Hast du nicht neulich noch gesagt, dass es dich nervt, dass Markus immer noch mit Kiwi und Knolle rumhängt?«

Kati nickte weise mit ihrem Haupt und meinte mit viel Moralin in der Stimme: »Nenne mir deine

Freunde und ich sage dir, wer du bist! Was ist, Mila, willst du dich nicht mal mit der dunklen Seite von Markus beschäftigen?«

»Ihr seid blöd, was kann Markus dafür, wenn die ewig an ihm drankleben«, blockte ich ab, um gleich zum Gegenangriff überzugehen. »Tobi hat überhaupt keine richtigen Freunde und Brankos Kumpels hängen doch auch immer nur beim Bier im Vereinsheim oder in der Disco ab. Von denen hat Hanna ja ebenfalls nichts, höchstens Stress, weil sie Branko damit aufziehen, dass seine Freundin zwei Jahrgänge unter ihnen ist.«

Hm, das stimmte zwar alles, aber das hätte Mila Schnauze mal besser für sich behalten und nicht vom Gehirn direkt auf die Zunge gepackt. Ich musste ganz dringend eine Zensureinrichtung, ein dickes Bollwerk zwischen meine Gedanken und mein Mundwerk, einbauen, wenn ich mich nicht in Teufels Küche bringen wollte. »Äh, tut mir leid … äh … das wollte ich so krass nicht sagen …«

»Das glaube ich dir sogar«, sagte Hanna ziemlich angesäuert, »aber ich finde es schon schlimm genug, dass du so etwas von unseren Jungs überhaupt denkst.«

»Ja, das finde ich auch«, nölte Kati ebenfalls gleich los. Zickenzoff hing schlagartig zum Schneiden dick im Zimmer. »Du willst nur von Markus' Fehlern ablenken und machst darum unsere Jungs schlecht.«

»Quatsch! Ich weiß doch, dass Markus Fehler hat. Fakt ist, dass sie mich nicht wirklich stören. Ich liebe ihn eben so, wie er ist, und darum kriegt er von mir auch überall zehn Punkte mit Sternchen. Das ist nicht objektiv, aber es ist, was es ist, sagt die Liebe!«

Hanna schmunzelte. »Ist das von Rilke?«

Ich schüttelte den Kopf. »Nee, hat Pegasus mir mal gemailt, als ich noch nicht wusste, dass sich Markus dahinter verbirgt. Ich fand es total romantisch. Ist von Erich Fried.«

»Klingt gut«, meinte auch Kati und wiederholte das Zitat. »Es ist, was es ist, sagt die Liebe. Schön.«

Hanna klappte die Zeitschrift mit dem Test zu. »Und weil das die Wahrheit ist, kriegen eben alle unsere Jungs die Höchstpunktzahl.«

Kati strahlte, denn nun war die Harmonie wiederhergestellt. »Ich finde es so toll, dass wir soooo coole Jungs haben«, sagte sie und das Glück, das aus ihren Augen leuchtete, war fast nicht zu ertragen.

Na, hoffentlich ging das auf Dauer gut. Ich meine, das mit Kati und dem Glück. Ich bin da ein gebranntes Kind und weiß, dass auf zu viel Sonnenschein meist ein Gewitter folgt. Ich wünschte es Kati nicht, aber mit des Geschickes Mächten ist leider kein ewiger Bund zu flechten. Das war auch ein Dichterwort und leider wohl genauso wahr wie die Zeile von Erich Fried.

Einen kurzen Moment hatte ich den Eindruck, dass ein Schatten auf Kati fallen würde, aber weil sie gerade so herzlich lachte, wischte ich diese dunkle Stimmung fort und lachte mit. Es kommt, wie es kommt, dachte ich, aber dass es so dick kommen würde, das hatte ich wirklich nicht geahnt. Aber erst einmal hatte ich meine eigenen Probleme.

Liebeskatastrophen

Am nächsten Schultag klebte sich Vanessa schon wieder an Markus ran. Gleich nach dem Englischtest passte sie ihn an der Klassenraumtür ab und textete ihn zu. Sah sie denn eigentlich nicht, dass er mal dringend wohin musste?

Jungs haben nun mal 'ne schwache Blase. Er wollte sie deswegen wohl auch erst aus dem Weg schieben, aber dann blieb er doch stehen und hörte ihr sichtlich interessiert zu. Jetzt verließen beide die Klasse. Da schrillte bei mir im Kopf natürlich gleich eine Alarmsirene. Was hatten meine Lieblingsfeindin und mein Freund denn so Interessantes zu besprechen? Ich sprang auf und hetzte den beiden hinterher. Nein, nicht dass ich Markus kontrollieren wollte … das macht frau natürlich nicht … äh … na gut … Ausnahmen bestätigen die Regel … ich machte es hin und wieder doch. Also bei Vanessa eigentlich immer, denn bei der konnte keiner wissen, was sie gerade wieder im Schilde führte. Dass sie bereits in der siebten Klasse ein Auge auf Markus geworfen hatte – hauptsächlich natürlich wegen der Pferde –, pfiffen ja schon die Spatzen von den Dächern. Also war es ja wohl nur verständlich, dass ich da etwas auf der Hut war. So einer Schleimspur konnte man nicht über den Weg trauen. Die glitschte überall rum. Wirklich, denn als ich in den Flur preschte, stand sie mit Markus in einer Fensternische und redete immer noch auf ihn ein. Sah sie eigentlich nicht, dass der Junge sich die ganze Zeit was verkniff? Ich beschloss ihn zu erlösen, hielt schnurstracks auf die beiden zu und sagte zwar wenig intelligent, aber wirkungsvoll: »Vanessa, was immer du mit Markus zu besprechen hast, es wäre besser, du würdest es auf später verschieben, Markus hat dringendere Bedürfnisse!«

Beide sahen mich einen Moment perplex an, aber Markus raffte es dann sehr schnell und mit einem dankbaren Blick und einer gemurmelten Entschuldigung machte er sich schleunigst davon.

»Was musste er denn so dringend machen?«, fragte Vanessa auch noch.

»Na, was machen Jungs denn wohl auf dem Klo? Pipi vielleicht?«

Vanessa kriegte wieder diesen Grünstich im Gesicht und ich lief in Richtung Bibliothek davon.

Ich ging zu den Toiletten und passte dort Markus ab, der sich für die Rettung in letzter Minute bedankte.

»Ich wusste echt nicht, wie ich sie abwimmeln sollte«, meinte er. »Sie hat mich mal wieder wegen eines Reitkurses für ihre kleine Schwester zugetextet.«

Ach ja, ihr Lieblingsthema. Reitkurs auf dem Reiterhof von Markus.

»Das ist doch nur ein Vorwand, um sich an dich

ranzuschleimen«, sagte ich sauer. »Du brauchst gar nicht mehr mit ihr reden.«

Markus sah mich irgendwie seltsam an. »Mit wem ich rede, das entscheide ich wohl immer noch selber, oder?«

Uups, das hatte er jetzt aber in den falschen Hals gekriegt. Himmel, war der empfindlich.

»Klar, mach doch, red mit ihr, geh aber in Zukunft vorher aufs Klo!«

Ich drehte mich um und lief zurück in die Klasse. Sein Lachen schwappte wie eine Welle hinter mir her.

In der Deutschstunde erzählte uns Frau Kempinski vor Stolz fast zerplatzend, dass ihr Göttergatte, unser Musiklehrer Old McDonald, eine Einladung nach Bilbao erhalten hätte, um dort an der Deutschen Schule ein halbes Jahr Musik zu unterrichten.

»Bilbao?«, fragte Kati, von jedweder Geografiekenntnis verlassen.

»Das ist in Nordspanien«, sagte Frau Kempinski. »Wir haben dort eine Partnerschule. Ihr wisst doch, dass wir mit den elften Klassen immer einen Austausch zwischen unseren Schulen machen.«

Wussten wir? Ich jedenfalls nicht. Was interessierten mich die Fahrten der Elften!? Schließlich stand unsere eigene Chorfahrt an, was viel aufregender war, denn sie sollte diesmal richtig weit weg in die bayerischen Berge gehen.

Klar, dass es Hanna war, die sogleich wissen wollte: »Und bei wem haben wir dann Musik? Es gibt niemanden an der Schule, der ihren Mann ersetzen kann. Wer macht mit uns denn unsere Chorfahrt, wenn er weg ist?«

Hanna klang ziemlich erschüttert. Seit dem Eurostar-Gesangswettbewerb waren sie und Old McDonald ein eingeschworenes Team und die Botschaft löste alles andere als Freude bei ihr aus.

Frau Kempinski hatte das wohl auch gemerkt, denn sie sagte außerordentlich überschwänglich: »Ach, Hanna, da musst du dir wirklich keine Sorgen machen, es kommt im Austausch ein Kollege aus Bilbao zu uns, der übernimmt dann den Musikunterricht und wird auch eure Chorfahrt begleiten. Ist doch mal schön, neue Anregungen zu bekommen.«

Das sah Hanna wohl nicht so und Kiwi fragte: »Ist es ein Mann oder eine Frau?«

Alle lachten und Frau Kempinski sagte: »Ein Mann, er heißt Nickel.«

»Klingt ja sehr spanisch«, meinte Carmen, deren Vater Spanier war, ironisch.

»Er ist kein Spanier, sondern Deutscher. Ich habe doch gesagt, es ist die Deutsche Schule in Bilbao, da unterrichten hauptsächlich Lehrer aus Deutschland. Herr Nickel war übrigens, bevor er nach Bilbao ging, früher an unserer Schule tätig. Seine Einstudierungen für den Musikabend sind legendär. Alleine der A-Cappella-Chor der Lehrerschaft – sensationell!« Sie kicherte ein wenig geziert.

»Ich war auch dabei …« Und mit einem verträumten Blick aus dem Fenster sang sie leise »*Schööööhöne Isabella von Kastilien …*« Doch mit einem triefigen Seufzer brach sie ab: »Das war natürlich, bevor ich Mutter wurde …«

»Liebes Lieschen«, stöhnte Hanna in der Pause. »Das kann ja heiter werden. Na hoffentlich steht der nicht nur auf so altes Zeug. Das war doch eben von den Comedian Harmonists … die haben in den Dreißigerjahren gesungen … und auch noch a cappella! Meine Mutter steht auf die. Mein Ding ist das gar nicht.«

»Ach, warten wir es einfach ab«, meinte Kati, mal wieder die Wogen glättend. »Ist doch eine Abwechslung und vielleicht ist der Typ ja total nett.« Sie blinzelte mir zu. »Jung und knackig, wie unser Referendar Pit Winter es war … Dann kannst du dich gleich in ihn verlieben, Hanna.«

»In wen soll Hanna sich verlieben?«, fragte plötzlich eine dunkle Jungenstimme hinter uns. Hanna fuhr herum. Hinter uns stand Branko.

»Na, sagt schon … In wen soll Hanna sich verlieben? Als ihr Freund bin ich echt neugierig, das zu erfahren.«

Es sollte witzig klingen, kam aber nicht wirklich locker. Himmel, war der Typ eifersüchtig!

Hanna war seine Einmischung in unser Gespräch sichtlich peinlich und so sagte sie ein wenig patzig: »Der Lauscher an der Wand hört seine eigne Schand!«

Das ging daneben. Branko drehte sich abrupt um und verschwand ohne ein weiteres Wort. Humor hatte der wirklich nicht die Bohne.

»Äh, entschuldigt, Mädels«, stieß Hanna noch kurz hervor, dann rannte sie ihm nach. Habe ich schon mal erwähnt, dass Jungs mitunter ganz schön nerven? Selbst wenn sie nicht Kiwi heißen.

Leider war unser Austausch-Musiklehrer dann alles andere als jung und knackig und sah nicht mal gut aus. Er trug Jesuslatschen, Öko-Klamotten und eine abenteuerliche Matte auf dem Kopf, die er im Unterricht mit einem Haarband im Nacken bändigte. Künstlerzopf! Was für ein Freak! Er stand tatsächlich auf A-Cappella-Gesang und hatte das darum auch zum Motto der Chorfahrt erklärt.

Zur Vorbereitung hatte er uns eine CD von den Comedian Harmonists vorgespielt, die fürchterlich alt und quietschig klang und Hannas Ohren offensichtlich geradezu beleidigte.

»Ich fahre nicht mit«, sagte sie völlig frustriert. »Die Zeit kann ich viel besser mit Branko in einem Tonstudio verbringen, um einen anständigen Song aufzunehmen.« Sie tippte sich an die Stirn. »*Mein kleiner grüner Kaktus!* Was soll denn das wohl bringen?«

»Spaß«, sagte plötzlich jemand hinter uns. Als ich mich umdrehte, stand da ein breitschultriger hellblonder Junge mit blitzblanken Augen, die mich so was von offen anstrahlten, dass mein Herz direkt einen Stolperer machte. Wer war das denn und wieso quatschte der uns von der Seite an?

Hanna lachte gequält. »Ach, Antony! Jetzt sag aber nicht, dass du auf so was stehst?«

»Doch, finde ich witzig. A cappella ist doch cool – voll der Retro-Rap ...«

»Hä? Nicht dein Ernst?«

Er grinste megasüß. »Na ja, ist schon etwas anders, vom Rhythmus und so ... aber die Grundidee, die passt ... also, ich glaube, man kann viel machen aus diesem Motto ... Meine Jungs sind jedenfalls dabei.«

Jetzt, auf den zweiten Blick, erkannte ich den Typ. Klar, der war in einer unserer Parallelklassen und auch im Chor.

»Deine Jungs?«, fragte ich also nun doch etwas interessierter. »Was für Jungs?«

»Na, Robeat und die anderen Beatboxer. Wir kriegen bestimmt was Cooles fürs Schulfest hin.«

Hanna seufzte. »Wenn du meinst.« Und es war offensichtlich, dass sie Beatboxen auch nicht besser fand als die Comedian Harmonists.

Antony grinste. »Das wird schon lustig. Warten wir es einfach mal ab und geben Nickel eine Chance.«

Als er weiterging, folgte mein Blick ihm unwillkürlich. Seltsam, warum war er mir bisher noch nicht aufgefallen? Irgendwie hatte der Typ doch was ... äh ... Nettes ... an sich.

Nickel hatte von Old McDonald auch die Organisation des Jahresabschlussfestes übernommen. Was natürlich nicht gut gehen konnte. Auch wenn er früher an unserer Schule unterrichtet hatte, so war doch inzwischen vieles anders und auch im Kollegium saßen jede Menge neue Lehrer. Einer war ihm aber offenbar noch vertraut, weil der wohl immer schon sein Unwesen an dieser Schule getrieben hatte – Rumpelstilzchen. So war es kein Wunder, dass die beiden bei der erstbesten Gelegenheit aneinanderrasselten.

Hatte ich schon erwähnt, dass Musik und Mathe bei Rumpelstilzchen gar nicht zusammen gehen?

»Singen könnt ihr unter der Dusche«, hatte er

mal gesagt, »aber Mathematik, die braucht ihr überall im Leben.«

Danach hatte Kiwi dann den Kalauer mit seiner Lieblingszahl »Sex« losgelassen und Rumpelstilzchen hatte ihn zu einer Sonderaufgabe verdonnert.

Heute stand Hanna gerade verzweifelt an der Tafel, um die Körperberechnung einer Pyramide zu demonstrieren, was bei ihr augenscheinlich ein voll mieses Körpergefühl auslöste! Jedenfalls wand sie sich ziemlich und ließ die Kreide zahnreißend über die Tafel kreischen. Ich wette, ihren Body-Mass-Index konnte sie schneller ausrechnen.

Rumpelstilzchen verunsicherte sie auch noch zusätzlich, als er brummte: »Ist dir eigentlich klar, Hanna, dass deine Versetzung an einem seidenen Faden hängt? Ich bin nicht derjenige, der am Ende des Schuljahres ein Auge zudrückt. Ohne entsprechende Leistung läuft bei mir nichts! Ist das klar?«

Hanna setzte gerade zu einem ergebenen Nicken an, als es klopfte und Nickel seinen bezopften Kopf in die Klasse steckte.

Rumpelstilzchen, offenbar gleichermaßen erbost über diesen freakigen Anblick wie über die Unterbrechung, schnaubte sofort los: »Kollege Nickel, mein Unterricht ist noch nicht beendet und ich habe auch nicht ›Herein‹ gesagt …«

Nickel fiel ihm respektlos ins Wort: »Stimmt alles, aber die Sache hier erlaubt keinen Aufschub, ist vielmehr ziemlich wichtig …«

Nickel stieß die Tür auf und schleppte einen Stapel Zettel in die Klasse. Unterschwelliges Gekicher, was Rumpelstilzchen noch wütender machte als der

Widerspruch von Nickel. Er eilte auf ihn zu, packte ihn an der Schulter und versuchte, ihn wieder aus der Klasse zu schieben.

»Dann hat das sicherlich noch *ziemlich* Zeit und Sie können es in Ihrer Stunde mit der Klasse klären«, bellte er dabei.

Aber Nickel ließ sich nicht beirren und arbeitete sich gegen Rumpelstilzchens Widerstand bis zum Lehrertisch vor der Tafel durch. Hanna guckte die beiden reichlich perplex an, stand aber ansonsten wie zur Salzsäule erstarrt da. Nickel begann in der vorderen Bank die Zettel zu verteilen und erklärte uns, dass er nun die Vorbereitungen für das Jahresabschlussfest in die Hand genommen hätte und dass in der Turnhalle am Mittag ein Casting stattfinden würde.

»Jeder, der etwas Musisches zu dem Fest beitragen kann, ist herzlich eingeladen, sich dort mit seiner Performance vorzustellen. Wir brauchen vor allem auch viele Tänzerinnen und Tänzer ... Damit Schwung in die Veranstaltung kommt ... äh ... ja ...«

Er schielte zu Rumpelstilzchen rüber, dessen Miene sich sichtlich verdüstert hatte und der mit den Fingern nervös auf dem Stehpult herumtrommelte.

»Frau Berger möchte damit auch einen Beitrag zum Fest leisten und es wäre wirklich schön, wenn möglichst viele Mädchen und Jungen mitmachen würden. Tanzen ist eine so wunderbare Möglichkeit, sich selbst zu verwirklichen ...«

Nun riss Rumpelstilzchen der Geduldsfaden endgültig, er lief rot an und brüllte: »Dann verwirklichen Sie sich jetzt bitte umgehend selber und tanzen aus meiner Klasse! HERR KOLLEGE!«

Nickels Redefluss stockte für Sekunden, dann schluckte er und meinte noch leicht unter Schock stehend: »Ganz … äh … ruhig … ich … äh … bin ja schon fertig …«

Er setzte sich in Richtung Tür in Bewegung, wobei er aber seiner Sprache schnell wieder mächtig wurde und noch einmal alle aufforderte, die Zettel zu lesen und unbedingt am Mittag in die Turnhalle zu kommen.

»Ich rechne mit euch.«

Das gab Rumpelstilzchen den Rest. Er schubste Nickel aus der Tür und dabei dröhnte er: »Es reicht! Wenn hier einer *rechnet*, dann bin ich es! RAUS!«

Klar, dass Hanna, die immer noch an der Tafel stand, genau wie wir alle bei dieser Szene grinsen musste.

Leider kriegte Rumpelstilzchen es mit. Missgelaunt kniff er seine Äuglein zu zwei schmalen Schlitzen zusammen und schnauzte Hanna an: »Setzen! Sechs!«

Oje, dachte ich, als Hanna todunglücklich an ihren Platz schlich, jetzt würde es bei ihr mit der Versetzung aber echt eng werden.

In der Musikstunde forderte Nickel uns noch mal auf, das Schulfest unbedingt zu unterstützen.

»Frau Berger macht immer großartige Tanzaufführungen, also lasst sie nicht hängen.«

Ich kicherte hinter vorgehaltener Hand und flüsterte zu Markus rüber: »Na, willst *du* nicht mitmachen?«

»Bin ich 'ne Hupfdohle?«, zischelte er zurück. Was immer das war, es hörte sich nicht so an, als wenn es was Nettes wäre. »Mach du doch.« Na danke.

»Bin ich vielleicht so'n Viech?«

Er grinste mich an. »Klar, die süßeste Hupfdohle, die ich kenne! Du tanzt doch für dein Leben gern, also melde dich!«

»Nur, wenn du auch mitmachst.«

Aber da biss ich auf Granit. »Vergiss es!«

Tanzen und Markus, das ging irgendwie gar nicht. Eher machte der einen Handstand auf einem Pferderücken. Vanessa allerdings war für beides zu haben, und als ich mit Kati in die Turnhalle ging, stand sie mit ihrer Busenfreundin und Sklavin Carmen natürlich auch schon da. Konnte ich der denn nirgends entkommen? Doch, ich konnte. Frohe Botschaft: Vanessa würde nicht mit auf die Chorfahrt kommen! Halleluja!

Ich wollte mich gerade darüber freuen, als Kiwi sagte: »Sie macht in der Zeit einen Reitkurs – rate mal wo?!«

»MARKUS!«

Der Schrei brach einfach so ohne Vorwarnung aus mir heraus. Entsprechend bestürzt starrte Markus mich an.

»Was, was ist denn?«

»Wieso macht Vanessa einen Reitkurs bei euch, während wir auf Chorfahrt sind?«

»Nicht *sie*, ihre kleine Schwester.«

»Auf die sie sicherlich aufpassen muss«, sagte Kiwi anzüglich grinsend. »Nicht wahr, Markus, das wird doch bestimmt lustig für dich.«

Ich starrte Markus perplex an. »Heißt das, du, du fährst auch nicht mit?«

Er zuckte die Schultern. »Nee, fahre ich nicht. Wieso auch? Ich spiele manchmal Trompete im Orchester, aber ich singe nicht, was habe ich also auf der Chorfahrt verloren.«

»Aber das Orchester fährt doch sonst immer mit.«

»Diesmal nicht, denn wenn das Motto *A cappella* ist, heißt das ja wohl *ohne Kapelle,* oder?« Er tippte sich an die Stirn. »Außerdem braucht mein Vater mich in den Osterferien auf dem Reiterhof bei den Kursen.«

»Du könntest mir zuliebe mitfahren. Der Nickel hat doch keine Ahnung, wer im Chor ist und wer nicht.«

Markus sah mich ein wenig traurig an. »Mila, ich würde das wirklich gerne machen, aber wir sind auf die Einnahmen von den Reitschülern angewiesen. So ein Hof ist sehr teuer in der Unterhaltung. Wenn ich meinen Vater hängen lasse, können wir die Pferde bald zum Schlachter bringen.«

Uh, dass klang ja grausig, und als Kiwi mit skeptischem Blick seine Bockwurst beäugte und sagte: »Ich glaub, die ist vom Pferd«, da wurde mir regelrecht schlecht. Also, auch wenn ich mit Pferden nichts im Sinn hatte, dem Rossschlächter wollte ich sie natürlich auch nicht ausliefern.

»Und Vanessa ist wirklich auch da?«, fragte ich aber dennoch missmutig.

»Stört es dich?«

Was sollte die blöde Frage? Klar störte es mich, und zwar total. Man brauchte wirklich nicht viel

Fantasie zu haben, um sich auszumalen, was da abgehen würde. Vanessa hier, Vanessa da – Vanessa überall, wo Markus war! Grrr! Mir kam die Galle hoch. Aber ich gab mich locker und sagte mit einem falschen gönnerhaften Lächeln im Gesicht: »Nö, warum? Mach nur – viel Spaß und äh … wo sie doch eine so gute Reiterin ist, lass sie mal auf eurer feurigen Sarabande reiten«, … damit sie sich ihren verdammten Hals bricht und ihn nicht mehr nach dir verdrehen kann! Den zweiten Teil des Satzes dachte ich aber nur.

»Ganz toll!«, klagte ich auf dem Heimweg Hanna mein Leid. »Ich werde vor Eifersucht vergehen!«

Hanna schüttelte den Kopf. »Du und deine Eifersucht! Ich verstehe wirklich nicht, warum du so misstrauisch bist. Hast du denn gar kein Vertrauen zu Markus?«

»Vertrauen ist gut, aber Kontrolle ist besser, meint meine Mutter – und die muss es schließlich wissen. Gelegenheit macht Liebe, sagt sie immer, also soll man den Männern erst gar keine Gelegenheit geben fremdzugehen.«

Ich schwieg einen Moment nachdenklich, weil ich mich fragte, warum meine Mutter dennoch immer wieder verlassen wurde … irgendetwas stimmte an ihren Spruchweisheiten offenbar nicht.

Hanna wusste auch, was es war. »Mit so was kann man jeden Typ vertreiben«, sagte sie. »Wenn Männer etwas gar nicht abkönnen, dann ist es das Gefühl, von ihrer Frau oder Freundin kontrolliert zu werden. In jedem Typ steckt doch ein Marlboro-

Man, immer auf der Suche nach der ultimativen Freiheit. Wenn Branko auch nur den kleinsten Verdacht hätte, dass ich ihm nicht voll vertraue und ihm vielleicht sogar hinterherspionieren würde, dann wäre ich ihn garantiert sofort los.«

»Meinst du, Markus ist genauso?«

»Klar, alle Männer sind so. Was glaubst du, weswegen so viele Ehen geschieden werden?«

»Weil Männer sich angebunden fühlen?«

Hanna nickte. Das konnte ich nun wirklich nicht nachvollziehen.

»Wo sind denn Männer angebunden? Meine Mutter zieht mich ganz alleine auf … und wer kümmert sich bei euch um alles? Ums Essenkochen, Wäsche, Kinder, Saubermachen …? Sag jetzt nicht, dein Vater.«

Hanna lachte. »Nee, nee, das macht schon alles meine Mutter. Mein Vater hat ja schließlich seine Firma, Installations- und Heizungsbau …«

»Und deine Mutter hat noch ihren Buchladen.«

»Ja, aber nur ein paar Stunden am Tag, so nebenbei.«

»Klar, bei Frauen ist der Beruf ja immer nebenbei!«

»Mila, hör auf! Du klingst wie eine Emanze! Wir haben über Markus gesprochen und er und sein Vater sind ein reiner Männerhaushalt. Da werden keine Frauen ausgebeutet. Also denk mal ein bisschen netter von ihm!«

Da hatte sie eigentlich recht und so hakte ich mich bei ihr unter und fragte: »Um noch mal auf Vanessa zurückzukommen … du meinst also, ich habe keinen Grund zur Eifersucht?«

Hanna lachte: »Mila, eher lernt ein Kamel schwimmen, als dass Markus was mit Vanessa anfängt.«

Nun gut, das klang beruhigend. Leider erfuhr ich erst später, dass Kamele von Natur aus schwimmen können und Männer offenbar von Natur aus wildern.

Ich war also eigentlich bestens gelaunt, weil mir Hanna mein Vertrauen in Markus zurückgegeben hatte, als es an der Tür Sturm klingelte. Meine Mutter war mal wieder für einige Tage bei einer Fortbildungsreise der Friseurinnung in Paris und ich hatte mir gerade ein kleines Abendessen machen wollen, um es dann bei meiner Lieblingsserie vor dem Fernseher genüsslich zu vertilgen. Hm, eigentlich hatte ich keine Lust mehr auf Besuch. Ich ging also eher zögerlich zur Tür und auch nur, weil es immer noch klingelte.

Als ich öffnete, lehnte Kati völlig verheult an der Wand neben der Tür und stützte sich ausgerechnet mit der Hand auf der Klingel ab. Ich zog sie weg und das nervende Bimmeln brach abrupt ab.

»Was ist denn mit dir los?«, rutschte es mir bei ihrem Anblick heraus, und als sie schwieg, zerrte ich sie erst mal ins Haus.

»Nun red doch«, drängte ich, »ist was passiert … warum heulst du denn so?«

Aber Kati war zu keinem Wort fähig, schluckte nur hin und wieder, um nicht an ihren Tränen zu ersticken, und stand völlig aufgelöst im Flur herum.

»Los, geh in mein Zimmer und beruhige dich erst mal.« Ich schubste sie sanft vorwärts und sie ließ sich apathisch auf mein Popsofa fallen. Meine Güte, die war ja völlig durch den Wind. Mir kam ein schrecklicher Verdacht.

»Ist was mit Tobi? Betrügt er dich?«

»Nicht Tobi«, schniefte sie, »mein Vater …«

»WAS? Dein Vater betrügt dich …?«

Gott, war ich mal wieder begriffsstutzig. Kati schüttelte unter Tränen den Kopf.

»Nicht *mich*, meine Mutter, er betrügt meine Mutter … ich, ich habe ihn gesehen … mit einer Blonden … sie … sie könnte seine Tochter sein!«

Oh mein Gott! Da konnte es sich doch nur um einen Irrtum handeln! Katis Eltern waren das ideale Paar, ihre Mutter war die süßeste Mutter, die man sich nur denken konnte, so sanft und lieb, und sie konnte so was von lecker kochen … so eine Frau betrog doch ein Mann nicht …

»Also, Kati«, sagte ich aus diesen Gedanken heraus, »das ist ganz und gar unmöglich! Deine Eltern lieben sich, keiner würde den anderen betrügen … Dein Vater macht so etwas nicht.«

»Und wenn er die Midlife-Krise hat? Alle Männer kriegen die, wenn sie über vierzig sind … und mein Vater ist über vierzig und … Sie ist groß und blond und hat ganz lange Beine … Männer in der Midlife-Krise stehen auf so was … habe ich gelesen …«

Die Tränen liefen ihr unaufhörlich weiter über das Gesicht.

»Kati, ich habe so was auch schon gelesen, aber das gilt doch nicht für alle Männer! Für deinen Vater gilt es ganz bestimmt nicht!«

»Und warum küsst er die dann? Die ist mindestens zwanzig Jahre jünger als meine Mutter!«

»Er hat sie geküsst?« Nun war ich aber doch von den Socken. Das klang in der Tat brandgefährlich. »Nicht wirklich?!«

»Doch, also na ja, so auf die Wange … weil sie sich gerade verabschiedet haben … auf der Straße … sie ist aus seinem Auto gestiegen …«

Ich starrte Kati an. »Dir geht es aber noch gut, oder? Nur weil eine gut aussehende junge Frau bei deinem Vater aus dem Auto steigt, glaubst du, er betrügt deine Mutter?«

»Es ist ja nicht nur deswegen. Er ist in letzter Zeit so häufig zu Tagungen und Kongressen unterwegs und gestern Abend hat Felix in ihrem Zimmer geweint. Ich habe es ganz genau gehört. Warum wohl sollte meine Mutter weinen? Doch nur, weil er sie betrügt!« Sie jaulte herzzerreißend auf. »Er ist wie alle Männer! Kein Stück besser! Er hat uns vorgespielt, dass er Felix liebt, und heimlich hat er eine Freundin!«

Hm, so ganz unwahrscheinlich fand ich das nun auch nicht mehr, aber das durfte ich mir natürlich nicht anmerken lassen. Erst mal musste Kati sich beruhigen, und so versuchte ich ihr, trotz meiner Befürchtungen, diesen Gedanken auszureden.

»Es war sicherlich eine Patientin oder eine Kollegin oder …«, ach, Herrgott noch mal, war doch völlig Wurst, wer es war …, »… auf jeden Fall nicht seine Freundin. Ich kenne deinen Vater und ich traue ihm nicht zu, dass er euch so hintergeht. Basta!«

Kati schniefte und sah mich mit einem ganz winzig kleinen Hoffnungsschimmer in den feuchten Augen an.

»Meinst du das ehrlich?«

Ich nickte und hatte gar kein schlechtes Gewissen dabei. Für eine Freundin in der Not musste schon mal ein bisschen Schönfärberei erlaubt sein. Also setzte ich noch eins drauf: »Neulich war er doch noch so süß zu deiner Mutter. So verstellen kann man sich einfach nicht!«

Konnte Mann sich aber offenbar doch – also, so verstellen. Ein paar Tage später kam Kati völlig übernächtigt in die Schule. Mir schwante gleich Schreckliches, und als Vanessa mal wieder total unsensibel mit ihrem hohen Tussenorgan fragte: »Na, Kati, schlecht geschlafen? Hast du vielleicht Liebeskummer?«, da hätte ich ihr am liebsten eine reingesemmelt. Aber Mädchen schlagen sich ja nicht. War auch besser so.

Ich zog Kati also einfach nur von ihr weg und zischte: »Kümmere dich um deinen eigenen Dreck!«

»Dreck?«, fragte Kiwi sogleich orientierungslos, »um was für Dreck geht es?«

»Halt' s Maul, Kiwi!«, sagten Hanna und ich gleichzeitig und verschwanden mit Kati erst mal aufs Mädchenklo.

»Er hat heute Nacht nicht zu Hause geschlafen und Felix hat wieder geweint, und da bin ich zu ihr ins Schlafzimmer gegangen … und dann hat sie gesagt, dass sie sich trennen werden …«

Wie ein Häufchen Elend sah sie aus bei diesen Worten.

»Das hat sie nicht so gemeint«, sagte Hanna tröstend.

»So schnell trennt man sich nicht nach so vielen

glücklichen Ehejahren«, ergänzte ich. Aber diesmal war Kati nicht zu beruhigen.

»Doch werden sie … sich trennen … erst mal auf Probe jedenfalls … und wie ich das denn so sehen würde, hat sie gefragt. Ich sehe gar nichts mehr … nur rot … oder … nein …«, sie brach ab und schob dann völlig depressiv nach: »… ich sehe schwarz!«

Es klingelte zur Stunde und wir redeten immer noch auf sie ein. Es war uns dabei völlig egal, ob Rumpelstilzchen wieder mal im Dreieck springen würde, weil wir unabgemeldet fehlten. Kati ging jetzt vor. Aber was machten wir nun mit ihr?

»Wir melden Kati krank«, schlug Hanna vor.

»Genau, und dann fahre ich erst mal mit ihr zu mir nach Hause«, sagte ich. »Da haben wir wenigstens unsere Ruhe und du kommst gleich nach Schulschluss nach.«

Gesagt, getan.

Rumpelstilzchen schaute zwar sehr misstrauisch, aber als Kati total bleich und mit schwarzen Schatten unter den Augen mit mir in die Klasse trat und wie eine wandelnde Leiche aussah, hatte er wohl Angst, dass sie ihm noch im Klassenzimmer zusammenklappen würde, und schickte mich mit dem Auftrag los, sie nach Hause zu begleiten.

Na, wenigstens das hatte funktioniert. Ich packte meinen und Katis Rucksack und wir machten uns davon.

Tobi war aufgesprungen und öffnete uns die Tür.

»Kati, wenn ich dir irgendwie helfen kann«, flüsterte er. Nicht leise genug, denn Rumpelstilzchen hatte es natürlich wieder mitbekommen und donnerte sogleich los: »Hiergeblieben, Tobias! Und was die Hilfe angeht, die wirst du gleich selber benötigen. Komm bitte an die Tafel!« Und zu uns sagte er: »Wenn die Damen sich dann bitte verabschieden würden. Ich möchte den Unterricht fortsetzen.« Ekel!

Bei mir warf sich Kati im Gästezimmer aufs Bett, heulte noch eine kleine Ewigkeit und war dann plötzlich in einen todesähnlichen Schlaf gefallen. Das war mir zwar ein wenig unheimlich, aber weil sie relativ regelmäßig atmete, ließ ich sie in Ruhe und kochte erst mal Tee. Mit dem Chai setzte ich mich zu ihr ins Gästezimmer und schaute sie nachdenklich an.

Das war ja ein schöner Mist! Wem sollte man denn da überhaupt noch trauen, wenn selbst eine so harmonische Beziehung wie die ihrer Eltern kaputtging? Midlife-Krise?! Das war doch nur wieder so eine beschönigende Bezeichnung dafür, dass Männer ihre Triebe nicht im Griff hatten. Nie!!! In der Pubertät nicht und offenbar auch sonst nicht! Ich war genauso enttäuscht von Katis Vater wie Kati selbst und musste nun doch wieder an Vanessa denken und an ihre Ferien auf dem Reiterhof von Markus! Gelegenheit macht Liebe! Meine Mutter und *Die Ärzte* hatten also offenbar doch recht. Männer sind Schweine und Ausnahmen gab es scheinbar keine. Merde!

Von Sexbomben, Blondinen und anderen Ärgernissen

Doch, es gab eine Ausnahme. Nach Schulschluss stand Hanna mit einem blassen und völlig verstörten Tobi vor der Tür.

»Was ist denn mit Kati?«, fragte er sichtlich bestürzt. »Ich habe sie noch nie so weinen sehen.«

»Sie schläft«, sagte ich leise und erzählte ihm flüsternd von Katis Eltern. Auch er konnte es nicht fassen.

»Das muss ein Irrtum sein«, meinte er, »das passt nicht.«

»Tja, wieder eine Illusion weniger.« Die hatte ich nun auch.

»Und was können wir jetzt machen?«

Ich zuckte die Schultern. »Kati trösten, wieder aufbauen …«, sagte ich und hatte keinen Schimmer, wie. Denn das war irgendwie eine Nummer zu groß für mich. Vermutlich schlimmer als meine Enttäuschung über Pit Winter, den jungen Referendar, in den ich so verliebt war. Und das war wirklich eine emotionale Weltuntergangskatastrophe gewesen.

»Es ist so eine Gemeinheit von Eltern, sich so zu benehmen«, sagte ich wütend. »Ob Katis ganze Welt zusammenbricht, das interessiert ihren Vater offenbar einen Scheißdreck.« Und in Gedanken daran, wie Pit Winter meine Liebe zurückgewiesen hatte, fügte ich wütend hinzu: »Ich hasse Männer!«

Tobi war bei meinem Ausbruch noch blasser geworden.

»Äh, na ja, Anwesende ausgenommen.«

Er schluckte, wirkte aber etwas erleichtert.

»Was kann ich denn für Kati tun? Ich möchte ihr so gerne helfen …«, stotterte er verlegen.

»Du kannst mir nicht helfen, Tobi«, erklang eine leise Stimme von der Tür her. Wir drehten uns um.

Kati stand dort und sah uns mit stumpfen Augen an. Sie wirkte aber nun ein wenig gefasster.

»Damit muss ich alleine fertig werden. Das heißt, ich muss meiner Mutter beistehen … Also, wegen der Chorfahrt, da kann ich nicht mitkommen.«

»WAS?!« Das fand ich keine gute Idee. Hanna und Tobi auch nicht.

»Aber du kannst doch hier sicher gar nichts machen. Das müssen deine Eltern erst mal für sich selber klären … und vielleicht ist ja alles gar nicht so endgültig, wie du denkst … Trennung auf Probe … da ist doch noch ganz viel Hoffnung«, versuchte ich sofort ein Veto einzulegen. Aber ehe ich noch weiter kam, klingelte es erneut an der Haustür. Diesmal stand Katis Vater davor. Ich schaute ihn giftig an, diesen Verräter, und als er fragte, ob Kati bei mir wäre, hätte ich am liebsten »Nein« gesagt. Ging aber natürlich nicht.

»Ja, ist sie«, quetschte ich hervor, »aber sie ist nicht zu sprechen.« Nahm ich mal an.

War sie dann auch wirklich nicht. Als ich ihr berichtete, dass ihr Vater sie abholen wollte, wehrte sie sich mit Händen und Füßen dagegen.

»Kann ich denn nicht bei dir bleiben, Mila? Du hast doch Platz genug und deine Mutter ist nicht da und ich störe auch gar nicht …«

Klar, dass sie bleiben konnte. Also, von mir aus gerne, aber ihr Vater würde das wohl sicher nicht wollen.

»Das ist mir egal! Ich will auch nicht, dass meine Eltern sich trennen, und nehmen die darauf vielleicht Rücksicht?«

Nee, taten sie offensichtlich nicht. Weil ich viel zu aufgebracht war, führte Hanna die weiteren Verhandlungen mit Katis Vater. Sie schaffte es tatsächlich, ihm die Erlaubnis abzuluchsen, dass Kati bei mir übernachten durfte. Da hatten wir ja zumindest erst mal Zeit gewonnen.

Als Hanna und Tobi sich verabschiedet hatten, kochte ich Spaghetti mit der Geheimsoße meiner Mutter. Die war das Einzige, was meine Mutter wirklich gut kochen konnte, und sie verfehlte ihre Wirkung nicht.

»Weißt du«, sagte Kati nun schon sichtlich ruhiger, »vielleicht sollte ich doch mit auf die Chorfahrt gehen. Da habe ich wenigstens euch und etwas Ablenkung. Hier gehe ich alleine garantiert ein und das hilft ja auch niemandem. Also, ich meine, ich werde das natürlich noch mal mit meiner Mutter besprechen, aber wenn Felix erst mal alleine mit meinem Vater klarkommen will … dann … was meinst du, Mila, … ist das egoistisch von mir gedacht?«

Ich nahm sie spontan in die Arme.

»Quatsch! Das ist nicht egoistisch, das ist total vernünftig! Wer weiß, wie die Welt danach aussieht. Bestimmt nicht schlechter!«

Nun ja! Das war also die Sache mit dem Schicksal und dem ewigen Bund, den es nicht mit sich schließen ließ. Jetzt hatte es Kati also auch ganz massiv erwischt. Das war schon sehr schade, weil doch gerade alles ganz gut lief. Also beziehungsmäßig, mit unseren Jungs, meine ich. Weil die sich inzwischen besser verstanden, hätten wir direkt mal öfters was zusammen unternehmen können, aber das war nun nicht mehr drin. Ich konnte Katis Frust über die Männer im Allgemeinen und ihren Vater im Besonderen gut verstehen, aber dass sie sich deswegen nun völlig von Tobi zurückzog, fand ich ja etwas übertrieben.

»Er hat dir doch gar nichts getan«, verlangte ich von ihr etwas Fairness. »Er würde dir so gerne helfen, aber du lässt ihn gar nicht mehr an dich ran. Du rennst vor ihm davon wie der Teufel vor dem Weihwasser!«

»Quatsch, das tue ich nicht. Aber ich, ich brauche etwas Abstand. Ich will keine Enttäuschung mehr erleben. Ich habe gedacht, nur Florian wäre damals so ein Blödmann gewesen, der mich wegen einer anderen sitzen gelassen hat, aber mein Vater lässt mich und meine Mutter ja auch einfach sitzen … und Tobi wird es irgendwann ebenfalls tun … Je mehr ich ihn liebe, umso mehr wird es wehtun.« Sie sah mich verzweifelt an. »Mila, ich will mir nicht mehr wehtun lassen! Von niemandem, von keinem Mann und von keinem Jungen!«

Und weil ich das Gleiche auch schon mal bei meiner unglücklichen Liebe zu Pit Winter gedacht hatte, konnte ich Kati verstehen. Durch diese Phase musste sie wohl erst mal durch. Dennoch sagte ich: »Weißt du, Kati, es geht ja immer rauf und runter im Leben und ich hab auch mal gedacht, es geht bei mir immer nur noch runter, aber dann war da Markus und plötzlich ging es doch wieder rauf … das ist so … glaub es mir.«

Ich hatte das Gefühl, gegen eine Wand zu reden. Aber die Wand fuhr wenigstens mit auf Chorfahrt und das war doch schon mal ein Lichtblick!

Am Donnerstag war ein Konzert von Brian und seiner Band im B248. Er hatte Hanna und mich eingeladen, und weil Hanna vorher noch in Brankos »Tonstudio« mit ihm arbeitete, holte ich sie dort ab. Tja, und das war dann der Moment, in dem ich die Eierkartons sah. Branko hatte tatsächlich Dutzende, nein, mindestens Hunderte von Eierkartons an die Decke und Wände des Gästeklos gepappt, um eine professionelle Schallisolierung zu erreichen. Vor der Kloschüssel zwischen Waschbecken und Tür hatte er ein Mikro aufgebaut und neben der Tür waren eine Art Mischpult und allerlei Aufnahmegerätschaften platziert. Liebes Lieschen! Der hängt sich ja tatsächlich voll rein.

Hanna wirkte auch sichtlich stolz, als sie auf die Eierkartons deutete: »Die hat er alle für mich gegessen, die Eier!«

Na toll, hoffentlich hatte er keinen Eiweißschock gekriegt.

»Mila, setz dich da in die Ecke und sei mal ruhig«, raunzte mich der Eierschlucker an. »Wir wollen noch einen Durchgang machen. Hanna, hör auf mit dem Quatschen! Los, fang an!«

Hm, der hatte aber einen ganz schönen Kommando-Ton am Leib. Ich würde so mit mir ja nicht umspringen lassen.

Leider war dann aber die Schalldämmung doch nicht so perfekt, denn die Mieter der oberen Wohnung waren wohl nach Hause gekommen und setzten permanent ihre Klospülung in Gang. Hm, das würde heute wohl nichts mehr werden, und als dann oben noch jemand den Staubsauger anwarf, sah Branko das auch so und machte mit einer wütenden Bemerkung Schluss.

»Vielleicht mal ein Profistudio mieten«, schlug ich versöhnlich vor, kriegte aber nur die patzige Antwort: »Wenn du es zahlst!«

So machten Hanna und ich schnell den Abflug.

»Ich finde es ja voll cool, dass Branko sich plötzlich so für meine Musikkarriere interessiert, aber ehrlich gesagt fand ich es angenehmer, als er noch bei Sprinter in der Lauf-AG trainiert hat – und ich bei Brian in der Band gesungen habe.« Sie seufzte. »Ich finde Livekonzerte sowieso viel besser als diese Studioaufnahmen, wo man alles tausendmal wiederholen muss, bis es perfekt ist, und dann ist nicht mal Publikum dabei, das jubelt und klatscht. Nur so ein miesepetriger Manager, der an allem, was ich mache, etwas zu meckern hat.«

Ich schaute sie mitleidig an. »Vielleicht ist es einfach keine gute Idee, dass dein Freund dich managt. Ein Freund ist doch was zum Wohlfühlen, zum Entspannen, zum Spaß haben … mit Branko nur noch an deiner Karriere zu arbeiten ist bestimmt ein Fehler, das ist einfach zu viel Stress … ihr müsstet auch mal wieder was anderes zusammen machen …«

»Das sag ihm mal«, meinte Hanna resignierend. »Wenn wir fertig sind mit den Aufnahmen, hängt er immer nur mit seinen Kumpels ab. Im Vereinsheim oder in der Disco. Da bin ich doch nur ein Fremdkörper.«

Sie lachte etwas verlegen, weil ihre Beziehung zu Branko plötzlich gar nicht mehr so toll und ideal klang. Selbst in ihren eigenen Ohren nicht. Ich stieg hinter Hanna in die Schwebebahn. Hm, war wohl im Moment nicht gerade ein gutes Klima für Beziehungen. Da war ich mal, was Markus und Vanessa anging, besser ein wenig wachsam.

In der Tat! Am nächsten Tag in der großen Pause schleimte sich Vanessa schon wieder mit irgendeiner dusseligen Frage zum Reitkurs ihrer kleinen Schwester an Markus ran. Als sie mich sah, machte sie sich davon, aber Kiwi begann mit Markus in geschäftsmäßigem Tonfall zu verhandeln.

»Ich muss nicht unbedingt mit auf die Chorfahrt«, sagte er. »Wo Vanessa eh nicht mitfährt. Du weißt doch, ich stehe auf die …« Er grinste ein wenig schmierig. »Für freie Kost und Logis könnte ich dir auf dem Hof aushelfen. Stall ausmisten, Pferde füttern … ein bisschen Vanessa auf ihren knackigen Hintern gucken …«

Markus grinste. »Das kostet aber was … also, das Hinterngucken …«

Kiwi kicherte. »Zehn Euro die Stunde?«

»Okay!«, sagte Markus. »Wir sind im Geschäft.«

Ich sah, wie die beiden ihre Pfoten abschlugen, und kriegte einen Wutanfall. Echt, da konnte ich gar nichts gegen machen. Um nicht zu explodieren, wollte ich mich schnell verdrücken, aber Markus hatte mich gesehen und lief hinter mir her.

»Mila! Nun warte doch mal. MILA!!!«

Ich blieb stehen. Musste der auf dem Schulhof so rumschreien? Das war ja megapeinlich.

»Was willst du?«, fauchte ich ihn entsprechend geladen an.

»Warum rennst du denn weg?«

»Ich wollte deine … äh … Geschäfte mit Kiwi nicht stören.«

»Das war doch nur Spaß. Ein Joke. Nichts dahinter.«

»Aha, dann ist auch nichts dahinter, dass alle Jungs Vanessa so toll finden.« Ich sah ihn herausfordernd an. »Findest du sie auch so toll?«

Er grinste und leckte sich mit der Zunge über die Lippen, so als hätte er an einem leckeren Milchshake genippt.

»Sie hat schon was … also … was Jungen gut finden …«

»Klar, dicke Möpse!«, fauchte ich und fügte im ultimativen Tonfall hinzu: »Findest du sie sexy? Los, sag es!«

Er sagte es! Er brachte es tatsächlich fertig! Vielleicht hätte ich doch nicht darauf bestehen sollen … aber nun war es zu spät.

»Klar ist sie sexy …«, sagte er und sofort fiel ich ihm ins Wort, denn das musste ich mir wirklich nicht anhören.

»Danke, Markus, falsche Antwort! Ich wünsche dir schöne Ferien mit dieser … dieser … Sexbombe! Das war's mit uns!«

Als ich in die Schule rannte, hörte ich ihn noch stammeln: »Aber … aber … hey, Mila …«, doch das ging mir jetzt wirklich am Hintern vorbei, auch wenn der nicht so knackig war wie der von dieser Kuh Vanessa!

Leider musste ich nach der Schule in den Fahrradkeller, um mein Rad zu holen, und stieß dort noch mal mit Markus zusammen, obwohl ich überhaupt keinen Bock mehr auf ihn hatte.

»Tut mir leid«, nuschelte er leise.

Da konnte ich mir jetzt ein Ei drauf pellen.

»War nicht so gemeint.«

Das wollte ich hoffen.

»Manchmal denke ich, du suchst absichtlich Streit. Damit du mich schlechtmachen und dich in einen anderen neu verlieben kannst.«

Nun reichte es mir. »Du hast ja einen Schaden!«, schnauzte ich Markus an. »Fass dich mal lieber an die eigene Nase. Jemand, der hinter Vanessa herglotzt, muss mir ja nun wirklich keine Vorwürfe machen.«

»Du immer mit deiner Eifersucht. Könntest mir

ja statt der ewigen Vorwürfe einfach mal was Nettes sagen.«

»Aha, was zum Beispiel?«

»Vielleicht ›Ich liebe dich‹ … dann wäre ich dir garantiert treu …«

Hm, das hatte meine Mutter mir aber ganz anders beigebracht. »Sag ja nie ›Ich liebe dich‹ zu einem Mann, Mila!«, hatte sie mich gewarnt. »Sonst ergreift er sofort die Flucht!«

Ich schloss mein Rad frei und schielte Markus aus den Augenwinkeln an. Es tat fast weh, so doll liebte ich ihn. Aber meine Mutter hatte total die Lebenserfahrung und ganz bestimmt recht. Wenn ein Typ erst wusste, dass man ihn so sehr liebte, dann dachte er bestimmt, er könnte sich alles erlauben … weil man ja sowieso immer wieder zu ihm zurückkommen würde … weil man im Grunde wehrlos war … wenn man liebte … Sah ich ja an meiner Mutter.

Also sagte ich nur: »Blöde Chorfahrt – ich werde dich bestimmt vermissen.«

Markus schaute mich mit einem ganz eigenartigen Blick an, der direkt ein bisschen traurig wirkte.

»Schon gut, nur keinen Stress. Sag nichts, was du nicht auch wirklich meinst. Melde dich einfach, wenn du in den Bergen angekommen bist. Ja?«

Ich schob das Rad aus dem Keller und fuhr ohne ein weiteres Wort davon.

Warum sagte *er* eigentlich nicht, dass er *mich* liebte? Wenn ich ihm angeblich so wichtig war, dann hätte er es ja sagen können. Obwohl so ein Fahrradkeller ja auch nicht grade der ideale Ort für eine Liebeserklärung war.

Na ja, er konnte ja zur Busabfahrt kommen, bis dahin würde mir sicher noch was Nettes zum Abschied einfallen, damit er mir trotz Vanessas Anwesenheit auf dem Reiterhof treu blieb.

Ich kam gerade mit Kati und Hanna aus der Eisdiele, wo wir Weiberrat gehalten hatten und ich mit einem fetten Spaghettieis versucht hatte, meinen Frust über Markus zu betäuben. Hanna hatte mal wieder nur den Kopf geschüttelt und gefragt, ob ich eigentlich überhaupt keinen Humor mehr hätte. Nee, hatte ich nicht. Jedenfalls nicht, wenn es um Vanessa ging. Die nervte doch nur, und dass Markus sie einfach so auf den Reiterhof ließ, obwohl er wusste, wie sehr ich sie verabscheute, das nervte ganz besonders. Hätte er nicht mir zuliebe sagen können, dass der Reitkurs voll war? So dringend konnte er doch wohl nicht auf das Geld angewiesen sein?

»Wer weiß«, hatte Hanna ihn jedoch in Schutz genommen. »Die Zeiten sind schwierig im Moment. Überall.«

Hanna hatte sich verabschiedet, um zu Branko zu fahren, als Kati ganz aufgeregt meinen Arm ergriff und mich hinter ein Gebüsch zerrte. »Da, da, da ...«, flüsterte sie nervös und deutete auf die andere Straßenseite. Ich fand nicht, dass es da was besonders Aufregendes zu sehen gab. Eine hübsche Blondine in einem ziemlich schicken Kleid stöckelte auf ihren High Heels an den Schaufenstern vorbei auf ein Straßencafé zu.

Ob die ein Model war? So wie die ging!

»Meinst du die Blonde, kennst du sie? Ist sie ein Promi?«

Meine Frage erübrigte sich aber schlagartig, denn aus der anderen Richtung kam Katis Vater. Blieb auf dem Platz stehen und richtete dann seine Hose. Himmel, wie sah der denn aus, machte der jetzt voll auf jugendlich? Die beiden strebten aufeinander zu, busserlten sich ab und setzten sich dann an einen Tisch auf der Café-Terrasse. Wieder tauschten sie Zärtlichkeiten aus und kicherten miteinander. Ich merkte, wie Kati neben mir kurz vor der Explosion stand.

»Tinka heißt sie, wie'n Zirkuspony, und so sieht sie auch aus. Voll aufgezäumt! Guck mal, wie sie ihn antatscht!«

Hm, na ja, wenn ich ehrlich war, tatschte eigentlich eher Katis Vater … aber egal … eigentlich hatte keiner von beiden am anderen rumzutatschen.

»Die ist doch viel zu jung für meinen Vater«, schnaubte Kati mit unterdrückter Wut.

»Dein Vater ist viel zu alt für sie …«, rutschte es mir heraus. »… äh … ich meine, du hast recht, sie könnte echt seine Tochter sein …«

Die beiden flirteten ganz schön heftig miteinander und Kati war kurz davor aufzuspringen und sich auf die Blonde zu stürzen.

»Ich bring sie um«, stöhnte sie. »Sie soll ihre Griffel von ihm lassen! Er, er ist ein verheirateter Mann!«

Ich legte meinen Arm um sie und zog sie weg …

»Wie, wie können sie das tun … wie kann mein Vater meiner Mutter das antun …«, jammerte Kati, und als wir um die nächste Häuserecke bogen, schossen ihr die Tränen in die Augen. »Das ist so gemein! Kann er seine Midlife-Krise nicht anders bewältigen?«

Ich zuckte die Schultern, und weil mich die Szene noch beschäftigte, sagte ich etwas geistesabwesend: »Meine Mutter sagt, Männer sind wie Wölfe, immer auf der Jagd.«

Hm, das tröstete Kati wohl wenig und, ehrlich gesagt, mich tröstete es auch nicht grade. Denn Markus war ein Mann, also fast, und Vanessa war offenbar eine attraktive Beute.

»Ich hasse alle Männer!«, sagte Kati in meine Gedanken.

Dem war nichts hinzuzufügen. Ich auch.

Nun gut, oder eher schlecht, aber ich hatte keine Zeit, mir darüber groß den Kopf zu zerbrechen, denn in dem Moment, als Kati das gesagt hatte, trat eine sehr schick aussehende Frau in Pink auf sie zu und flötete: »Hallöchen! Das ist aber mal ein außergewöhnliches Gesicht!«

Häh? Okay, Kati, die sich grade die Tränen von der Wange geputzt hatte, sah wirklich ein wenig … äh … speziell aus … aber so außergewöhnlich ja nun auch wieder nicht, dass man deshalb derart in Verzückung geraten musste.

Wo kam die Tussi eigentlich her? Wir starrten sie alle beide leicht verwirrt an. Dann fiel mein Blick auf einen großen Bus, der auf dem Platz stand und auf dem das Logo einer bekannten Kosmetikmarke prangte.

»Ich bin Rabea«, flötete die Schicke Kati weiter

ins Ohr. »Wir suchen für eine neue Kampagne außergewöhnliche Gesichter … und wenn ich dich so anschaue … Wunderbar … ganz wunderbar … dieser tiefgründige Blick in den feucht schimmernden Augen … dieser zarte, blasse Teint … diese ungewöhnliche Nase … dieser Mund … perfekt! Ganz und gar außergewöhnlich!«

Sie steckte Kati ihre Karte zu. »Hier ist meine Adresse, ich würde dich gerne für die nächste Woche zu einem Casting einladen.«

»Nächste Woche habe ich keine Zeit, da bin ich auf Chorfahrt. Außerdem trennen sich meine Eltern, da habe ich wirklich anderes zu tun, als zu einem blöden Casting zu gehen«, blockte Kati jedoch gleich unfreundlich ab.

Diese Rabea blickte, statt beleidigt zu sein, Kati weiter fasziniert an.

»Wunderbar«, schwärmte sie dann, »ganz wunderbar, auch noch diese Natürlichkeit … wirklich, du musst kommen, unbedingt!«

»Haben Sie denn nicht gehört?«, schaltete ich mich nun ein. »Meine Freundin hat anderes im Kopf. Außerdem ist sie wirklich nicht da. Sie fährt mit uns auf Chorfahrt in die Berge. Sie müssen sich ein anderes außergewöhnliches Gesicht suchen.«

Aber die Tussi ließ sich nicht abwimmeln. »Bestimmt wird sie für das Fotoshooting frei bekommen. Wirklich, sie sollte eine solche Chance nicht einfach wegwerfen.«

Das fand ich dann schließlich auch. Ich ließ mir die Einladungskarte geben und nahm mir vor, Kati doch noch zum Mitmachen zu bewegen.

»Versprechen kann ich aber nichts«, sagte ich beim Abschied. »Kati hat ihren eigenen Kopf und im Moment jede Menge Probleme.«

Von denen so ein Fotoshooting sie allerdings vielleicht ein bisschen ablenken konnte. Ich grinste innerlich ein wenig, weil ich dachte, dass das Schicksal doch immer wieder Achterbahn fuhr. Runter, rauf, runter, rauf! Darin war es scheinbar ziemlich verlässlich. Nicht nur bei mir.

Am Nachmittag saßen wir alle drei zusammen in meinem Zimmer und schlürften Chai. Die Stimmung war nach wie vor mies, und um Kati etwas aufzumuntern, holte ich die Pröbchen, die uns diese Rabea reichlich mitgegeben hatte, und das Frisierzeug meiner Mutter und begann sie ein wenig zu stylen. Vielleicht machte ihr das etwas Mut für das Casting. Hielt sich in Grenzen. Aber als wir dann die Einladungskarte etwas genauer ansahen, stellten wir fest, dass das Casting in München stattfand. Das war ja mal ein Zufall! Die Berghütte, zu der unsere Chorfahrt führte, lag keine zwei Stunden von München entfernt.

»Mensch, Kati«, rief ich natürlich gleich begeistert aus, »das ist ja genial! Absolut schicksalhaft! Da musst du hin. Ganz klar!«

Und auch Hanna meinte: »Wenn es Berlin oder Hamburg wäre, dann ginge es natürlich nicht, aber München ... du wärst verrückt, wenn du diese Chance nicht ergreifen würdest!«

Aber Kati war eine harte Nuss und immer noch nicht geknackt. »Ich eigne mich doch überhaupt nicht für so etwas. Ich bin viel zu schüchtern. Fotoshooting! Nee, ich will nicht noch mal so einen Stress haben wie damals in Düsseldorf. Das war ja soooooo peinlich!«

Das fand ich gar nicht! Ich hatte Kati damals bei *Sweet Sixteen* für eine Typveränderung angemeldet und es hatte alles wunderbar geklappt. Nur die Fotostory im nächsten Heft war etwas peinlich, weil Vanessa daraus laut auf dem Schulhof vorgelesen hatte …

Ich wollte gerade sagen, dass Vanessa doch diesmal gar nichts davon mitkriegen würde, als Kati noch hinzufügte: »Und außerdem gibt mir der Nickel dafür sowieso keine Erlaubnis.«

Ich grinste sie an. Sah ich da bereits ein wenig Wankelmut? Und locker fragte ich: »Muss man für alles eine Erlaubnis haben?«

Nee, musste man nicht!

»Wieso ruft Markus eigentlich nicht an?«

Hanna und Kati wollten aufbrechen und er hatte sich den ganzen Nachmittag nicht gemeldet. Das war ganz und gar nicht seine Art und beunruhigte mich nun doch. Der war doch nicht wirklich beleidigt? Warum auch? Ich hatte ihm schließlich nichts getan. Hatte ich mir vielleicht einen anderen Typen auf die Hütte eingeladen? Brian zum Beispiel, den er genauso wenig leiden konnte wie ich Vanessa? Nein! Wenn er mich wirklich lieben würde, dann hätte er Vanessa abgesagt und läge längst auf Knien vor meiner Haustür. Sturkopf!

»Dann ruf du doch an«, meinte Hanna.

Das wäre es ja noch!

»ICH? Ich mach mich doch nicht lächerlich und krieche dem hinterher! Wenn er Vanessa so toll findet, bitte! Juckt mich doch nicht. Soll er doch die Osterferien mit ihr verbringen. Vielleicht will er ja sowieso viel lieber mit ihr zusammen sein als mit mir!«

Hanna ging hoch. »Jetzt rede aber mal keinen Stuss! Markus wird nie etwas mit Vanessa anfangen!! Nie!«

Aber als ich das gerade beruhigend finden wollte, sagte Kati doch tatsächlich: »Gestern hätte ich das auch noch gesagt. Aber jetzt … wo selbst mein Papa …«

Sie begann erneut zu weinen und sah nun wirklich sehr außergewöhnlich aus mit super frisierten Haaren und verlaufender Wimperntusche. Mir kamen Zweifel, ob sie so ein Gesicht in München wirklich suchten.

Zweifel kamen mir aber auch, ob ich es riskieren konnte, Markus alleine in den Klauen von Vanessa zurückzulassen, während ich mit dem Chor in die Berge fuhr. Das war doch viel zu gefährlich!

»Diese blöde Chorfreizeit«, schnaubte ich frustriert. »Ich will hierbleiben und die Osterferien bei Markus auf dem Reiterhof verbringen. Ich halte das nicht aus. Vanessa klebt sich bestimmt total an ihn ran und ich hocke da in den doofen Bergen und kann nichts dagegen machen!«

Auch Hanna war nicht wirklich begeistert.

»Meinst du, ich hab Lust dazu? Branko sagt, jetzt wäre ein günstiger Zeitpunkt, die CD aufzunehmen …« Sie schaute zu der unglücklichen Kati rüber. »Nein!«, sagte sie und stand auf. »Das ist egoistisch. Ohne uns geht Kati garantiert nicht nach München zu dem Fotoshooting.« Sie schaute Kati fragend an. »Stimmt´s?«

Kati schniefte und nickte. »Stimmt.«

»Also haben wir gar keine Wahl. Das ist für Kati eine tolle Chance und bringt sie auch auf andere Gedanken.«

Sie reichte Kati ein Kosmetiktuch, und als die sich die verlaufene Wimperntusche vom Gesicht putzte, sagte Hanna: »Also abgemacht. Wir fahren alle. Aber wir machen zur Bedingung, dass Kati auch wirklich nach München zu dem Casting geht.« Ich grinste innerlich. Sehr clever von Hanna, nun konnte Kati echt nichts mehr dagegen einwenden. Tat sie auch nicht, sondern sagte mit vor Dankbarkeit glänzenden Augen: »Ihr seid so tolle Freundinnen. Danke, dass ihr mich so unterstützt. Ich mach das. Aber nur für euch.«

Warum rief Markus nicht an?

Er hatte sich auch bis zum nächsten Morgen nicht gemeldet. Den ganzen Abend, während ich meinen Koffer für die Chorfreizeit packte, hatte ich gewartet und war immer nervöser geworden. Er glaubte doch nicht etwa, dass ich mich von ihm getrennt hatte, weil ich so ohne ein Wort davongefahren war? Das, das wäre ja ganz furchtbar. Das wäre geradezu ein Freifahrschein für ihn, was mit Vanessa anzufangen. Da…da… das war aber doch ganz und gar nicht meine Absicht … also, das war wirklich gar nicht, überhaupt nicht, auf gar keinen Fall in meinem Sinne!!!!!

Beim Frühstück wurde Mama ganz bussig, weil ich ständig auf das Handy starrte, statt mit ihr zu plaudern.

»Es ist unser letzter Morgen, Mila-Maus«, sagte sie und sah mich vorwurfsvoll an. Liebes Lieschen! Ich wollte nicht auswandern!

»Ich bin ja bald wieder da. Ist nur 'ne klitzekleine Chorfreizeit.«

»Du wirst mir fehlen.«

»Ja, genauso wie ich dir fehle, wenn du in Paris oder irgendwo sonst in der Weltgeschichte deine Fortbildungsseminare machst. Nämlich gar nicht.«

Sie schaute mich irritiert an. »Du bist ungerecht, Mila, du machst mir doch nicht etwa einen Vorwurf, weil ich mich weiterbilde.«

»Nee, mache ich nicht.« Ich schüttelte den Kopf, und um die Sache nicht aus dem Ruder laufen zu lassen und Mama einen Vorwand für eine ihrer Krisen zu liefern, sagte ich betont locker: »Ich mach halt auch mal 'ne Fortbildung. In A-Cappella-Gesang.«

Sie sah mich verständnislos an. Und weil mir nichts Besseres zur Erklärung einfiel, sang ich schräg, aber laut: »*Und kommt ein Bösewicht, dann fürchtest du dich nicht ... der kleine grüne Kaktus, der sticht, sticht, sticht ...*«

Sie lächelte. »Ach so, Comedian Harmonists. So etwas macht ihr da?«

Ich hoffte nicht, nickte aber, weil sie es offensichtlich cool fand. Dann raffte ich meine Sachen zusammen und ließ mich von ihr zur Schule fahren, wo auf dem Schulhof schon meine Leidensgenossen mit ihren Eltern standen und auf den Bus warteten, der uns in die Berge bringen sollte. Ich verabschiedete mich von meiner Mutter, weil sie in den Frisiersalon musste, und ging zu Kati hinüber, die sich gerade von ihrer Mutter verabschiedete. Hm, die sah wirklich nicht gut aus. Ganz blass und mit dunklen Schatten um die Augen. Man sollte Katis Vater wirklich mal die Meinung sagen! Wie konnte jemand nur so herzlos mit der Frau umgehen, mit der er so viele glückliche Jahre verbracht hatte. Davon mal ganz abgesehen, dass sie ihm Kati geboren hatte und ganz wunderbar kochen konnte! So eine Frau betrog man doch nicht mit einer hergelaufenen Blondine, sei sie auch noch so langbeinig!

Kati sah ihrer Mutter nach. »Ich sollte doch hierbleiben, sie braucht mich bestimmt.«

Kiwi kam angekeucht. Wie immer auf den letzten Drücker. Ich hatte schon befürchtet, er wäre wirklich bei Markus auf dem Reiterhof zum Vanessa-Glotzen! Da er mal wieder in der Hektik über seine eigenen Beine stolperte und das Gleichgewicht verlor, bretterte er voll in Kati rein und bohrte ihr seine Nase zwischen die Brüste. Als er sie wieder rauszog, hatte er einen verklärten Blick und seufzte: »Wow, Kati, hast ja inzwischen auch richtig Holz vor der Hütte!«

Penner! Inzwischen war auch Hanna eingetrudelt und versprühte Unternehmungslust. Na, dann konnte es ja vielleicht doch nett werden.

Nickel, die Müslisocke, stand beim Bus und versuchte das allgemeine Chaos in den Griff zu kriegen, indem er das Einsteigen dirigierte wie einen Chorauftritt, als Rumpelstilzchen mit Koffer und unerlässlicher Aktentasche angekeucht kam. Hanna und ich blickten uns erschüttert an. Der wollte doch nicht etwa mitfahren?

Wollte er doch. Er war, wie sich leider schnell herausstellte, unsere zweite Begleitperson, weil Sportlehrer Sprinter, der dafür eigentlich vorgesehen war, sich das Sprunggelenk angeknackst hatte und darum für die Berge ausfiel. Na sauber! Das hieß ja, den Teufel mit dem Beelzebub austreiben. Sprinter wäre schon schlimm gewesen, aber Rumpelstilzchen war garantiert schlimmer!

Ich starrte auf seinen prallen Koffer, der aussah, als wollte er den Rest des Schuljahrs in den Bergen verbringen. Was hatte er denn da alles drin? So viele Klamotten zum Wechseln brauchte er doch wirklich nicht. Schließlich kannten wir ihn nur in einem einzigen Anzug, den er vermutlich so lange tragen würde, bis er ihm verrottet vom Leib fiel. Nur Hemd und Weste wechselte er in wöchentlichem Turnus. Ich fragte mich, wer ihm wohl seine Wäsche wusch. Lebte er vielleicht noch bei Mama? Eine kuriose Vorstellung! Komisch, da hatte man so einen Typ fast jeden Tag im Unterricht und wusste so gut wie nichts von ihm.

Ich wandte mich grinsend ab. War in seinem Fall vielleicht auch besser so.

Kati stand sehr frustriert in der Gegend herum und nölte, als ich zu ihr trat: »Guck dir doch bloß die Leute an, und dann noch Rumpelstilzchen! Wie soll man auf so einer beknackten Chorfreizeit auf andere Gedanken kommen. Ich kann nicht mal richtig singen!«

Hanna kicherte: »Das kann Rumpelstilzchen garantiert auch nicht. Bei seinem Hass auf alles Musische frage ich mich sowieso, warum er mitfährt.«

»Der Direx wird ihn verdonnert haben«, spekulierte ich. »Der hat bestimmt die ganze Zeit total miese Laune und wird uns voll terrorisieren. Wollen wir nicht lieber abhauen und uns krankmelden?«

Hanna schüttelte den Kopf. »Nee, geht nicht, dann verpasst doch Kati ihr Fotoshooting in München.«

»Auf mich müsst ihr keine Rücksicht nehmen«, warf Kati jedoch ein. »Ich gehe da sowieso nicht hin!«

Ich wollte gerade protestieren, als mein Handy klingelte. Hektisch zog ich es aus der Tasche.

»Markus?«

Ich sah noch, wie meine Freundinnen sich grinsend den Finger auf den Mund legten und mich dann taktvoll alleine ließen.

Ich war so glücklich, Markus' Stimme zu hören, aber ich konnte ihn kaum verstehen. Im Hintergrund waren ständig Geräusche von schnaubenden Pferden und Gekicher zu hören.

»Mila«, sagte er, »ich, äh, wollte eigentlich vorbeikommen, also um Tschüss zu sagen, aber eine unserer Stuten bekommt grade ein Fohlen ... also, das kann man leider nicht so programmieren ... der Tierarzt ist schon auf dem Weg ... Moment mal ...«

Er unterbrach das Gespräch und wieder hörte ich tierisches Schnaufen und Gelächter, als wenn eine halbe Grundschulklasse im Stall versammelt wäre.

»So, bin wieder da …«, nahm Markus das Gespräch erneut auf, aber nur, um es gleich ganz abzubrechen. »Ich, äh, kann grade nicht … lass uns später telefonieren, wenn du da bist, ja? Rufst du mich dann gleich an? Bitte! Ich muss mich jetzt um die Stute kümmern.« Und mit einem »Ciao, Mila!« hängte er mich ab. Na toll! Musste dieser blöde Gaul gerade jetzt ein Fohlen kriegen? Ich brauchte Markus auch!

Ich stopfte frustriert das Handy zurück in die Tasche, als ich sah, wie Tobi bei Kati auftauchte und fragte, ob sie genügend Proviant eingepackt hätte. Himmel, der Typ war aber auch immer hungrig. Als Kati den Kopf schüttelte und sagte, dass sie die ganze Nacht geweint hätte und wirklich anderes im Kopf hätte, als Butterbrote zu schmieren, da sah er sie ganz mitleidig an und meinte: »Tut mir leid, Kati, echt. Ich hol uns noch schnell was beim Bäcker.«

Kati guckte ihn einen Moment richtig verliebt an und seufzte dabei: »Das wäre so toll, Tobi«, und schon war er weg.

Als sie mich wieder wahrnahm, fragte sie natürlich sofort nach Markus. »Kommt er jetzt noch?«

Ich schüttelte den Kopf. »Markus kann nicht kommen, 'ne Stute kriegt ein Fohlen. Da muss er mit anpacken.«

Das hatte Kiwi, der gerade vorbeiging, mitbekommen.

»Geburtshilfe leisten!«, meinte er und kicherte. »Vanessa geht ihm dabei bestimmt zur Hand. So was verbindet.«

Ich hätte ihm in die Hose treten können, sagte

aber zu Kati: »Wir telefonieren später, wenn wir in Bayern angekommen sind.«

Natürlich hatte Kati die dämliche Bemerkung von Kiwi gehört und meinte darum tröstend: »Lass den doch reden. Wichtig ist doch nur, dass Markus sich gemeldet hat.«

Das fand ich auch, denn dann konnte er mir ja nicht mehr böse sein.

Die Bustüren schwangen nun auf und wir konnten endlich einsteigen. Nickel nahm Rumpelstilzchen erst jetzt richtig wahr und glotzte ihn verstört an, als er seinen Koffer im Gepäckraum des Busses verstaute, wodurch nun absolut klar war, dass er mitfahren würde, was Nickel scheinbar bisher verdrängen wollte.

»Sie, äh, vertreten Herrn Sprinter?«, fragte er mit einem ungläubigen Gesichtsausdruck. »Das ist wirklich ziemlich …«

»… scheiße!«, vollendete Hanna den Satz und sprang in den Bus, wo wir sofort die Rückbank belagerten.

Die Fahrt war schlimmer als befürchtet. Erst laberte uns Nickel durch das Bordmikro des Reisebusses über den Sinn und das Thema der Chorfahrt zu, dann teilte uns Rumpelstilzchen mit, wie er sich das Leben auf der Hütte vorstellte. Jedes zweite Wort hieß *Disziplin* und *Regeln für die Gemeinschaft*. »Wenn jeder sich an feste Regeln hält, werden wir die Zeit in der Gemeinschaft schon überstehen«, schloss er schließlich. Da waren aber die meisten von uns schon eingeschlafen. Und Nickel ebenfalls.

Die Fahrt war lang und nervend, besonders als Nickel auch noch den Busfahrer überredete, eine A-Cappella-CD einzuwerfen. Hanna bekam bald einen Gesichtsausdruck, als wollte sie sich aus dem fahrenden Bus stürzen, ging dann aber lieber zum Kotzen auf das Bordklo.

Als sie reichlich blass um die Nase zurückkam, sagte sie mit kratziger Stimme: »Ich fahre wieder nach Hause. Das halte ich nicht die ganze Zeit aus.«

Um ihr zu helfen, pilgerte ich zum Busfahrer nach vorne, steckte ihm eine House-CD zu und flüsterte: »Wenn Sie vermeiden wollen, dass hier bald alle Ihren Bus vollkotzen, dann spielen Sie die jetzt.«

Er tat es und die Stimmung besserte sich sichtlich. Selbst Antony, unser A-Cappella-Freak, stand auf und wavte im Rhythmus mit. Erst gegen Ende der CD wachte Rumpelstilzchen auf und brüllte natürlich sofort: »Wer war das? Wer ist für die grauenhafte Geräuschkulisse verantwortlich?« Aber da der Busfahrer grinsend schwieg, bekam er es bis zum Ende der Fahrt nicht raus.

»Da, da, die Berge!«, rief Kati plötzlich begeistert, als in der Ferne ein paar Hügelchen zu erkennen waren. Hm, die Alpen hatte ich mir deutlich imposanter vorgestellt.

»Das wird noch«, sagte Hanna, die schon mal zum Wintersport im Berchtesgadener Land war. Und es wurde tatsächlich. Erst kam der Chiemsee und von da an wurden die Gipfel neben der Autobahn deutlich höher.

Es war schön, Katis Freude zu sehen, und als sie sich auf die Rückbank neben Tobi kniete und ganz in den Anblick der Berge versunken mit ihm ein belegtes Baguettebrötchen teilte, da wusste ich, dass es richtig war, sie zum Mitfahren zu überreden.

Alles würde gut werden. Trotz Rumpelstilzchen.

Auf der Alm, da gibt's koa Sünd

Geschafft! Nach einer zuletzt halsbrecherischen Fahrt auf schmaler kurvenreicher Bergstraße erreichte unser Bus wider Erwarten schließlich doch noch sein Etappenziel, den Parkplatz an der Talstation der Bergbahn.

Wir lüfteten die eingeschlafenen Glieder und Gehirne aus und tankten erst einmal in vollen Zügen frische Bergluft. Ahhhhhhhhhhhhhhh!

Nickel atmete gerade mit einem befreiten Gesichtsausdruck tief ein, als ihm Rumpelstilzchen seinen Koffer in die Kniekehlen rammte und der Rest der Klasse ihn überrannte, um Rumpelstilzchens Kommando zu folgen: »Los jetzt … in die Gondel … es geht gleich los!«

Nickels Koffer platzte auf und verstreute seinen gesamten Inhalt auf dem Vorplatz! Da tat er mir fast etwas leid. Als Nickel wieder alles beisammen und einigermaßen seine Orientierung zurückgewonnen hatte, schlug er sich zum Kartenverkauf durch, um die Tickets für die Bergfahrt zu lösen, was ihn aber gleich wieder vor ein Problem stellte.

Der Verkäufer, ein jüngerer Mann so um die dreißig mit kurzer Hose, Trachtenjankerl und Jagerhut, schien nämlich kein Deutsch zu sprechen.

»I bin der Josef«, stellte er sich zwar noch vor, aber seine erste Frage war für uns alle absolut unverständlich.

»Seidiiagruppen?«

Nickel starrte ihn höchst irritiert an, bis es dem Josef zu lang dauerte und er eine weitere unverständliche Frage auf ihn abschoss.

»Ghörtsihrzsam?«

Nickel versuchte einen Sinn aus dem Gesagten herauszufiltern: »Gehör... Samm? Gehörsam?« Er schüttelte den Kopf, drehte sich zu uns um und fragte: »Was will der? Versteht ihn einer von euch?«

Alle folgten seinem Beispiel und schüttelten ebenfalls einträchtig den Kopf, nur Kiwi meinte altklug: »Der spricht Bayerisch.« Nein, das hätte ich jetzt nicht gedacht!

»Guckst du heimlich den Komödienstadel, Kiwi?«, paulte ihn Hanna an. »Übersetz doch mal, wenn du so schlau bist.«

Nun aber schien dem Josef etwas zu dämmern, denn ein Leuchten der Erkenntnis huschte über sein Gesicht.

»Ah, ihrseid'sdievonderHütten …«

Immer noch Unverständnis bei Nickel. Meine Güte, als Musiklehrer sollte er wenigstens über ein gutes Gehör verfügen. Das war jetzt doch nicht so schwer.

»Hütte!!!«, schrie ich ihm ins Ohr. »Er hat was von Hütte gesagt.«

Josef versuchte es nun mit einem Stakkato aus Hauptwörtern, da seine seidenweichen Satzgebilde für Bewohner nördlich der Mainlinie offenbar zu komplex waren.

»Hütte! Berg! A Gruppnn?!«, schleuderte er Nickel leicht angenervt entgegen.

Dem dämmerte es nun endlich und er nickte. »Ja, ja, die Gruppe, das sind wir, wir wollen auf den Berg, zur Hütte …«

Josef verdrehte kurz die Augen und atmete dann tief aus. Was er mit der Luft zusammen an Wörtern herauspresste, klang wie: »Sogidoch.IhrseidsdieGruppevonderHütten … aufi geht´s!«

Das Signal zum Aufbruch verstanden dann alle, und so konnten wir endlich den letzten Teil unserer Reise antreten. Dachten wir jedenfalls. Denn als wir mit der Bergbahn auf dem Hochplateau ankamen, teilte uns Nickel mit, dass wir bis zu unserer Hütte noch eine halbe Stunde Fußmarsch vor uns hätten. Und das im Nieselregen! Na prima! Kati wurde blass und sah aus, als würde sie sofort zusammenbrechen. Aber als Tobi ihr Gepäck nahm, war ihr das auch nicht recht.

»Das musst du nicht machen, Tobi«, sagte sie, »ich, ich schaff das schon …«

Aber Tobi fiel ihr ins Wort. »Kommt gar nicht infrage. Ich mach das. Hab selber eh kaum was dabei.«

So schleppte Tobi neben seinem Rucksack Katis schweren Koffer auf die Hütte, während Hanna und ich unter unserer Gepäcklast fast zusammenbrachen.

Hanna war total sauer. »Ich glaub, ich krieg Pickel oder 'nen Föhn! Was ist denn das für ein mieser Service! Ich bin tot, wenn ich oben ankomme. Ich ruf meinen Vater an, der holt mich sofort ab.«

»Äh, wie denn wohl?«, mischte sich Kiwi mal wieder ungebeten ein. »Mit 'nem Hubschrauber? Hier rauf gibt's ja nicht mal 'ne öffentliche Straße!« Er blieb schnaufend stehen und wischte sich den Schweiß aus dem Gesicht. »Scheiß Chorfahrt. Wäre ich bloß bei Markus geblieben, dann könnte ich jetzt, statt dicke Gepäckstücke zu schleppen, Vanessas dicke Dinger glotzen...«

Pornokiwi mal wieder!

Aber auch mir stank nicht nur der am Weg liegende Kuhmist gewaltig, sondern auch die trostlose Einsamkeit der ländlich-gebirgigen Gegend.

»Von Verbannung hat niemand was gesagt«, stöhnte ich und wäre genauso gerne umgekehrt wie Hanna.

Die versuchte dann doch noch ihren Koffer loszuwerden, hatte sich aber mit Nickel den falschen Helfer ausgesucht. Der dachte gar nicht daran, ihr ritterlich unter die Arme zu greifen. Als sie stöhnend einen Zusammenbruch markierte und um Hilfe flehte, blieb er völlig ungerührt.

»Hanna, ich denke, es ist ziemlich wichtig, dass hier jeder lernt, für sich selbst ein Stück weit Verantwortung zu tragen ... mit dem Koffer fängt es an.«

Hanna warf ihm einen wütenden Blick zu und schleifte ihren Koffer weiter den Berg hoch. Wir anderen folgten murrend und schwitzend. Bald waren wir von außen und innen nass. Als ich an Rumpelstilzchen vorbeistolperte, der triefend auf einem seiner Koffer hockte, sah der genauso fertig aus wie wir. Sein Gesicht war hochrot und ich wette, wenn ich ihm einen kleinen Stups versetzt hätte, wäre er umgefallen und wie ein dicker, fetter Schneeball ins Tal gerollt. Wenn's Winter gewesen wäre, hätte er dabei eine richtig coole Lawine ausgelöst. Ohne Schnee war es aber nicht halb so lustig und so hielt ich mich zurück und stapfte schweigend an ihm vorbei. Mit mir trug ich die dumpfe Ahnung, dass wir bei dieser Chorfahrt nicht nur Old McDonald schmerzlich vermissen würden, sondern auch die Zivilisation. Ich bin kein Star! Aber holt mich trotzdem hier raus!!!!!

Wie ich es schließlich zur Hütte geschafft hatte, vermochte ich nachher nicht mehr zu sagen. Aber wenn jemand noch mal so einen blöden Spruch wie »Der Weg ist das Ziel« machte, würde ich ihm eigenhändig das Maul stopfen.

Das Ziel war nämlich leider eindeutig die Berghütte, vor der wir uns schließlich alle versammelten, und der steile Weg war nur der Highway to hell! Echt: Die Hütte war die Hölle!

»Urig«, hatte Nickel sie genannt. Verpestet, verrottet, gammelig, einfach nur grauenvoll, würde ich sagen. Es war feucht und regnerisch, als wir ankamen, und wir hätten uns über ein wenig warmen und heimeligen Drei-Sterne-Komfort wirklich gefreut.

Davon konnte allerdings nicht die Rede sein, denn erst mal hatte niemand einen Schlüssel. Das gab's doch nicht.

»Den hat der Josef«, meinte Nickel entschuldigend. »Er hat gesagt, er erwartet uns hier. Weiß auch nicht, warum er nicht da ist.«

Hätte mich in der Tat gewundert, wenn Nickel ausnahmsweise mal was gewusst hätte. Ich sah Rumpelstilzchen fragend an, aber der hob abwehrend die Hände und schnaufte, noch immer kurz vor dem Infarkt: »Für das Organisatorische der Reise ist Herr Nickel zuständig. Ich pflege mich aus Prinzip nicht in die Kompetenzbereiche von Kollegen einzumischen.«

Faule Ausrede!

Mir fielen fast die Augen aus dem Kopf, als im nächsten Moment der Josef mit einem Allradwagen an der Hütte vorkurvte und grinsend ausstieg. Selbst Rumpelstilzchen fiel der Unterkiefer runter, was ihm einen selten unintelligenten Ausdruck verpasste.

»Das ist ja wohl krass!«, maulte Hanna. »So ein Assi! Der hätte locker unser ganzes Gepäck hochfahren können!«

Aber Josef mit der seltsamen Sprache war nicht der einzige Assi. Auch Rumpelstilzchen verdiente sich dieses Prädikat. Er baute sich nämlich neben Nickel, der die Bettwäsche ausgab, am Eingang der Hütte auf und verlangte doch tatsächlich von uns, dass wir unsere Handys bei ihm abgeben sollten. Als wir das von Weitem sahen, kriegte ich voll die Krise!

»Aber ich kann mein Handy nicht abgegeben«, jaulte ich auf. »Wenn ich Markus nicht anrufe, denkt er, ich hab Schluss gemacht, und fängt was mit Vanessa an. Rumpelstilzchen ruiniert mein Lebensglück!«

»Sag's ihm«, meinte Hanna zynisch. »Vielleicht darfst du es behalten, weil es ein Notfall ist.«

Versuch macht klug, dachte ich und so setzte ich

mein Bitte-Bitte-Bitte-Gesicht nebst triefendem Dackelblick auf und stammelte: »Bitte, Herr Reitmeyer ...«

Aber Rumpelstilzchen knurrte nur: »Handy her. Keine Ausnahmen! Ich will nicht ständig besorgte Elternanrufe ertragen. Wird Zeit, dass sie und ihr etwas selbstständiger werdet. Und falls ihr gedacht habt, ihr könntet denen was vorjammern – vergesst es! Davon abgesehen dürfte hier ohnehin kein Empfang sein.«

»Da, da, dann könnte ich es doch auch behalten ...«, machte ich einen letzten Versuch. Aber Rumpelstilzchen hielt mir die Sammelkiste hin, streckte fordernd seine Hand aus und bellte wie eine Bulldogge: »Handy! Bitte!!!«

Mir blieb nichts anderes übrig, als stinksauer mein kostbares Handy abzugeben. Danach fühlte ich mich verlassener als ein Astronaut auf dem Mond, der stand immerhin mit Houston und seinen Kumpels in dauerndem Funkkontakt.

Hanna ging es jedoch nicht besser. Sie versuchte es mit einer frechen Lüge, die Rumpelstilzchen ihr aber natürlich nicht abnahm. Er war durch viele Berufsjahre ja sicherlich einiges an Schülertricks gewöhnt und Hanna stellte es auch nicht gerade schlau an.

»Meine Mutter ist schwer krank«, sagte sie. »Ich muss sie unbedingt erreichen ...«

Rumpelstilzchen runzelte die Stirn und sagte mit falscher Sanftheit in der Stimme: »Weißt du, Hanna, ich habe dich nie für sehr intelligent gehalten, aber für so dumm auch nicht.« Dann brüllte er:

»DIESE AUSREDE HABE ICH SCHON EIN DUTZEND MAL GEHÖRT!«

Hanna blieb standhaft. »Aber es ist die Wahrheit ...«

Rumpelstilzchens Augen wurden zu schmalen Schlitzen, und als er Hanna ins Wort fiel, klang er fast wie Josef. »JajajajajaHandy!«

Deprimiert gab Hanna ihr Handy ab. »Branko macht mich ein, wenn er mich nicht erreicht. Der glaubt doch, ich will nicht mit ihm sprechen. Der ist sooo eifersüchtig.«

Dann kam Kati. Es klang absolut ehrlich, als sie sagte: »Ich hab mein Handy zu Hause gelassen. Mein Freund und meine besten Freundinnen sind hier. Mit wem sollte ich denn telefonieren?«

Rumpelstilzchen sah sie kritisch an und so schob sie leise und mit leidendem Ausdruck in der Stimme nach: »Meine Eltern ... äh ... ich könnte sie eh nicht erreichen ... und ich will sie auch gar nicht erreichen ... und ich will für sie auch nicht erreichbar sein ... weil ... sie trennen sich vielleicht und jeder von uns braucht darum eine Auszeit.«

Rumpelstilzchen schaute sie kurz skeptisch von Kopf bis Fuß an, ließ sie dann aber mit einem kurzen Kopfnicken und einem gemurmelten »armes Kind« passieren, während Nickel, als er ihr das Bettzeug reichte, betroffen sagte: »Das mit deinen Eltern macht mich wirklich traurig, Kati ...«

Mir fiel ein Stein vom Herzen. Wenigstens ihr Handy war für uns gerettet.

»Das war eine tolle Ausrede von dir«, sagte ich glücklich zu Kati, als wir unser Zeug in die Hütte schleppten. Aber sie zuckte nur schweigend die Schultern, und als ich sie genauer im Dämmerlicht der Hütte ansah, da merkte ich, dass sie Wasser in den Augen hatte.

»Der Scheiß ist, dass es keine Ausrede war«, sagte sie leise, als ich sie spontan in die Arme nahm. »Ich fürchte, sie trennen sich wirklich.«

Die Hütte war total klein. Es gab einen zentralen Raum mit Küche und Essplatz und für Jungen und Mädchen getrennte Schlafräume. Wir gingen in den Mädchenschlafsaal und versuchten unsere Klamotten zu verstauen, schoben aber schließlich mangels Schrankraum unsere Koffer unter die Betten. Alles roch ziemlich muffig, weil offenbar seit der Steinzeit kein Mensch mehr hier gewohnt hatte.

»Ötzi war wohl der Letzte hier«, meinte Kiwi.

Wenigstens lüften hätte der Josef schon können, dachte ich. Wir zogen die karierte Bettwäsche auf, was sofort für urbayerische Stimmung sorgte, aber die klamme Atmosphäre auch nicht wirklich erwärmte. Also waren wir froh, als wir die Hütte wieder verlassen konnten, um vom Josef eine Einweisung in das Hüttenleben zu bekommen. Ich war gespannt, ob er uns ein paar Tricks verraten würde, die uns halfen, hier zu überleben. Noch war ich in der Hinsicht ziemlich skeptisch.

Und tatsächlich schien das mit dem Überleben wirklich nicht so einfach zu sein. Abgesehen davon, dass wir den Josef immer noch nicht richtig verstanden, enthüllte er uns nach und nach eine Katastrophe nach der anderen, sodass wir das Gefühl hatten, uns in einem drittklassigen Horrorfilm zu befinden. Der Brunnen als Badewanne, eine Schlauchdusche mit eiskaltem Gebirgsbachwasser und ein Plumpsklo, das zum Himmel stank. Na, sauber … äh … eher sau ohne ber!

»Die Gerhardt-Hauptmann-Schule hat eine erstklassige Skihütte im Harz«, zischelte Hanna mir zu. »Warum müssen wir in so einer Steinzeitlaube Chorfreizeit machen?«

Ich zuckte die Schultern. »Vielleicht liegt's am A-Cappella-Gesang. Wenn man das in der Nähe von Zivilisation probiert, kriegt man bestimmt bald 'ne Anzeige wegen Körperverletzung.«

»Herr Reitmeyer«, versuchte Hanna zu protestieren, »die hygienischen Zustände sind unmöglich. Als Klassensprecherin muss ich dagegen schärfstens …«

»Schnickschnack!«, schnitt ihr Rumpelstilzchen das Wort ab. »Schraubt einfach mal eure übersteigerten Ansprüche etwas zurück.« Und Nickel pflichtete ihm bei, indem er etwas vom Zauber der unverdorbenen Natur sagte, den wir zu genießen lernen sollten.

»Los, Kati«, sagte ich in Anspielung an ihre esoterische Ader, »jetzt kannste mal deine Hexenkünste spielen lassen. Wie wäre es: Abrakadabrasimsalabim – das Klo hat ab sofort eine Wasserspülung.«

Kati zuckte die Schultern, weil sie wusste, dass ich sie aufzog. »Du glaubst ja eh nicht dran, Mila«, sagte sie, »und wenn ich es genau betrachte, finde ich ein Plumpsklo wirklich eines der kleineren Übel auf dieser Welt.«

Wenn sie dabei an ihren fremdgehenden Vater dachte, dann hatte sie zweifellos recht. Aber ehrlich gesagt stank mir beides gewaltig!

Josef trieb uns wie Almvieh in die Hütte zurück und entzündete im Kamin ein Feuer, das sofort die halbe Hütte unter Qualm setzte. Dem Erstickungstod nah, scharrten wir uns in der Küche um ihn, als er fragte: »Werkochtnbeieich?«

»Ich koche!«, meldete sich ausgerechnet Rumpelstilzchen aus den Tiefen des Raumes und quetschte sich zum Josef durch. Nickel schien von Rumpelstilzchens Angebot genauso wenig begeistert wie wir und meinte abwehrend: »Ja, Moment, also, ich hatte gedacht, dass wir uns hier vegetarisch von den Produkten der Alm ernähren …«

Rumpelstilzchen runzelte die Stirn und sagte: »Und das hier? Mehl, Reis, Nudeln, Eier, Gemüse, Kartoffeln … Ist das als Dekoration für Ihre Hüttenabende gedacht?«

Nickel zuckte die Schultern. »Äh, nein, natürlich nicht, das ist so ziemlich alles zum Verzehr, nehme ich an.«

»Das nehme ich auch an«, grunzte Rumpelstilzchen und ließ sich dann von Josef zeigen, wie man mit Holz das Feuer im Herd anzündete. Es sah ziemlich kompliziert aus.

Das fand Rumpelstilzchen offenbar auch, und so ernannte er Kiwi zum Feuerbeauftragten. »Du sorgst dafür, dass der Herd morgens angezündet ist, wenn alle aufstehen, damit wir warme Getränke und Eier zum Frühstück kochen können.«

»Warum denn ich?«, maulte Kiwi. »Ich habe einen schwachen Kreislauf und komme morgens schwer in die Gänge!«

»Du hast auch eine schwache Mathenote«, blieb Rumpelstilzchen gnadenlos und Nickel steuerte die Spruchweisheit des Tages bei: »Früher Vogel fängt den Wurm.«

»Den hat er selber«, knurrte Kiwi.

»Den Wurm?«

»Quatsch, den Vogel!«

Irgendwann stieg vom Tal der Nebel auf und der Josef in seinen Allradwagen. Wir waren allein und es kam voll das Grusel-Feeling auf. Richtig unheimlich, wie die wenigen Bäume immer mehr im Nebel verschwanden, bis sie nur noch kaum zu erahnende Schemen waren.

Vollkommen erschöpft taumelten wir schließlich alle nach einer kalten Brotzeit in unsere klammen Betten. Rumpelstilzchen hatte sein Bett im Flur aufgebaut und kontrollierte jede Bewegung zwischen Mädchen- und Jungenschlafsaal. Mist, das hatten wir uns anders gedacht.

»Irgendwie müssen wir den kaltstellen, wenn hier Stimmung aufkommen soll«, flüsterte ich Hanna zu. Die grinste: »Da wird uns schon was einfallen.«

Na hoffentlich, dachte ich frustriert und stellte mir vor, wie viel schöner es wäre, jetzt mit den Jungs zusammen noch ein bisschen Flaschendrehen mit Tat oder Wahrheit zu spielen. Rumpelstilzchen war und blieb eine Spaßbremse!

Mist!

Irgendetwas war mir auf den Magen geschlagen. Der Stress oder die Kälte oder das Essen … jedenfalls musste ich mitten in der Nacht ganz dringend mal raus. So 'n Mist. Es gab nicht mal elektrisches Licht und eine Taschenlampe hatte ich natürlich nicht mitgenommen. Konnte ja nicht ahnen, dass Nickels »naturnahes Wohnen« den kompletten Abschied von allen technischen Errungenschaften der Zivilisation bedeuten würde.

Wenigstens war es draußen inzwischen etwas klarer geworden und der fast volle Mond ließ sein mildtätiges Licht in unsere Schlafkammer fallen. So wälzte ich mich aus dem fetten Federbett, stieg in meine Chucks und tastete mich zur Tür. Nichts Böses ahnend trat ich in den Flur und … weil ich den völlig vergessen hatte … fast auf Rumpelstilzchen. Also, ich rannte jedenfalls gegen sein Bett und knallte quer darüber auf seinen Bauch, der sich wie ein Hügel unter dem Federbett erhob. Mit einem tierischen Grunzer schoss er hoch und ich rutschte zu Boden. Sekunden später hatte ich den Blendstrahl einer Taschenlampe im Gesicht.

»Mila!«, bellte Rumpelstilzchen mich an. »Was hast du in meinem Bett … äh … auf meinem Bauch … äh … was hast du überhaupt hier um diese Zeit verloren?!!«

»Nichts«, stammelte ich geblendet und hielt mir die linke Hand vor die Augen, um Rumpelstilzchen überhaupt erkennen zu können. Oje, sah der wütend aus! Ich bekam ganz schön Schiss … apropos … was muss, das muss, da konnte auch Rumpelstilzchen nichts gegen sagen.

»Ich muss mal dringend aufs Örtchen«, teilte ich ihm also wahrheitsgemäß den Grund meiner nächtlichen Wanderung mit. »Ich, ich hab nicht mehr dran gedacht, dass Sie Ihr Bett in den Flur gestellt haben, und so ohne Licht … tut mir leid …«

Rumpelstilzchen zog die Decke bis unters Kinn und knurrte: »Schon gut, kannst meine Taschenlampe nehmen. Los, los … spute dich etwas.«

Jetzt hatte ich zwar eine Taschenlampe, aber als ich vor der Hütte stand, war der Mond gerade wieder hinter Nebelschwaden verschwunden und von irgendwoher kamen gruselige Geräusche. Ich traute mich nicht, hinter die Hütte zu dem Plumpsklo zu gehen. Mir war, als schauten mich aus dem Dunkel zwei gelbe Augen an, und vom Brunnen her kam ein merkwürdiges Platschen, so als versuchte jemand dem Tod durch Ertrinken zu entkommen.

Ich merkte, wie ich zu zittern begann. Es ist nur die Kälte, redete ich mir gut zu, aber ich wusste, dass es auch die Angst war. Egal, dachte ich, ich muss zum Klo, und so schlich ich mich eng an der Hüttenwand entlang nach hinten zum Häuschen. Es kündigte sich mir schon bald durch seinen Geruch an. Gott, war mir übel. Aber ich konnte ja schließlich nicht hier direkt am Haus oder in die Botanik …

Also gut. Ich richtete mich auf und den Strahl der Taschenlampe auf das Klohäuschen, dann öffnete ich die Tür, warf den Klodeckel hoch und hockte mich über die Schüssel. Brrr, was kam denn da für ein kalter Wind hoch? Die Pobrise war jedoch nichts gegen das, was sich meinem Blick bot, als ich ihn unwillkürlich über die Wand neben mir gleiten ließ. Ich fuhr mit einem Schrei vom Lokus und blieb dann wie versteinert stehen.

In einem riesigen Netz saß die größte Spinne, die ich je in meinem Leben gesehen hatte, und sie hatte … Haare an den Beinen!

Hab ich schon mal erwähnt, dass ich unter Arachnophobie leide? Was das ist? Eine panische SPINNENANGST!

Ich versuchte mich möglichst wenig zu bewegen, was mir nicht schwerfiel, da ich ohnehin vor Schreck wie versteinert war. Wie in Zeitlupe tastete ich nach dem Toilettenpapier und putzte mir, so vorsichtig es ging, den Po ab, ließ das Papier ins Klo gleiten und schloss den Deckel. Den Kalk schenkte ich mir. Mit ganz langsamen vorsichtigen Bewegungen schob ich die Tür auf und mich aus dem Klohäuschen. Draußen angekommen, knallte ich die Tür zu und rannte wie von Furien gehetzt zurück zum Hütteneingang. Da standen Antony, Tobi und Kiwi am Brunnen und quarzten, und weil ich die da nun wirklich nicht erwartet hatte, bretterte ich voll in die Gruppe rein.

Antony fing mich mit seinen muskulösen Armen auf und sagte grinsend: »Holla, die Forest-Fee! So spät noch unterwegs?«

Mir fiel vor Verlegenheit keine passende Antwort ein, und so schwieg ich verdattert, bis Antony mich wieder auf meine Füße stellte und losließ.

»Warste auf dem Bio-Klo?«, fragte Kiwi natürlich sofort.

Mir war schlecht und ich wusch mir erst mal die Hände im eiskalten Wasser.

»Willste mal ziehen?«, fragte Antony, und weil

mir wirklich noch immer von dem Geruch auf dem Örtchen kotzübel war, nickte ich. Alles, was den Gestank übertönte, war mir in diesem Moment willkommen.

Antony nahm seine Zigarette aus dem Mund und reichte sie mir. Ich machte zwei Züge und musste husten.

»Nicht so hastig«, sagte er sanft. »Nicht gleich auf Lunge.« Er nahm die Zigarette zurück und machte mir vor, wie ich rauchen sollte. »Einfach ein bisschen paffen«, meinte er. »Den warmen Rauch im Mund lassen und dann wieder raus damit. Hilft garantiert gegen Plumpskloschock!«

Ich lachte und paffte dann ein wenig an seiner Zigarette. Hm, er hatte sie schon in seinem Mund gehabt … aber es ekelte mich nicht. Die Zigarette von Kiwi hätte ich garantiert nicht angenommen, nicht mal die von Tobi.

Als ich das später Hanna, die bei meiner Rückkehr aufgewacht war, flüsternd erzählte, lachte sie leise und meinte: »Pass nur auf, dass du dich nicht verbrennst.«

»Woran, an der Zigarette?«

»An Antony!«

Am nächsten Morgen nach dem Frühstück mit hart gekochten Eiern, Pappbrötchen, Müsli mit viel Milch und einer dünnen Kaffee-Plörre mussten wir zum Appell vor der Hütte antreten. Frühsport. Himmel, der Nickel führte sich ja auf wie Sprinter.

Ganz so schlimm war es dann aber doch nicht.

»Und ausatmen und einatmen und ausatmen und

einatmen und die Freiheit in euch aufnehmen … und dabei das traumhafte Bergpanorama im Blick behalten.«

Äh ja, wenn es denn mal irgendwo zu sehen gewesen wäre, das Panorama. Schien sich gerade die Freiheit genommen zu haben, sich aus dem Staub zu machen. Um uns herum herrschte jedenfalls alles, nur keine Sicht. Nebel, Nebel, Nebel! Keine Ahnung, was dahinter war. Vielleicht ja das Nichts und wir befanden uns im verschwindenden Fantasién aus der *Unendlichen Geschichte* …

»Grauenhaft hier«, flüsterte Kati mir zu. Ich nickte.

»Ich weiß wirklich nicht, wer schlimmer ist: Rumpelstilzchen oder Nickel.«

Im Moment war es eindeutig Nickel, denn während Rumpelstilzchen die Küche aufräumte, zwang er uns, den jungen Morgen mit einem Lied zu begrüßen.

»*La Montanara* …«, schmetterten wir den verschwundenen Bergen entgegen, und als hätten die nur auf dieses Signal gewartet, tauchte plötzlich Gipfel für Gipfel aus dem Nebel auf und zum Ende unseres Liedes brach sogar die Sonne durch. Das war direkt schön.

»Danke«, sagte Nickel, und weil das Lied so gut gelaufen war, ließ er uns auch gleich noch die *Barcarole* singen.

Am Ende wirkte er regelrecht bewegt. »Ich wünsche uns allen eine gute Zeit.«

»Kann ja noch werden«, sagte ich zu Hanna und Kati, als wir zu einem Holzstapel gingen, um uns zu setzen. »Ach übrigens, Kati, wo hast du denn dein

Handy? Kann ich es mal borgen? Ich muss unbedingt Markus anrufen. Du weißt schon, wegen Vanessa und so ...«

Kati grinste. »Aha, wegen und so ...«

Ich wurde ungeduldig. »Kann ich's nun haben oder nicht?«

»Es gibt da ein Zauberwort ...«

»Okay, kann ich es *bitte* mal haben?!«

Kati nickte und ließ das Handy unauffällig aus ihrer Jackentasche in meine Hand gleiten. »Hab es doch hauptsächlich für euch an Rumpelstilzchen vorbeigeschmuggelt.«

Ich versenkte es sofort in der Tasche meines Sweatshirts und wartete auf eine günstige Gelegenheit, um Markus anzurufen.

Ein Grüppchen um Antony hatte sich auf den Holzstoß gesetzt und machte jetzt ohne Nickel, nur so zum Vergnügen, Beatboxen.

»Also, alles mit dem Mund«, erklärte Robeat gerade. »Drei Sounds: Kick Drum, Hi-Hat und Snare ... passt mal auf, so klingt's dann ...«

Er legte los und die Jungs lauschten völlig fasziniert. Das war eine gute Gelegenheit, mich ein wenig abzusetzen. Aber als ich hinter einem etwas abseits gelegenen Baum das Handy anschaltete, hatte es keinen Empfang. Mist.

Also den Berg weiter rauf. Ich schlich eine Anhöhe hoch und probierte es von da. Nichts. Und noch ein Stück weiter oben – auch nichts. Als ich mich irgendwann einmal umdrehte, war die Hütte weit unter mir.

»Manno, das kann doch nicht sein!«, fluchte ich.

Aber was half es. Irgendwo musste in diesen dämlichen Bergen doch ein Handysignal zu kriegen sein.

Es war zu kriegen, nicht wirklich gut, doch immerhin drei Balken. Aber bis ich das erreicht hatte, musste ich ganz schön weit laufen. Eigentlich bis auf die Spitze unseres Berges. Der Blick war toll. Weit unten lag die Hütte und ich konnte sogar auf die andere Seite sehen ... doch was ich da sah, gefiel mir gar nicht. Da zog nämlich eine dunkel drohende Gewitterfront heran. Okay, sah ich mal besser zu, dass ich schnell Markus erreichte.

Ich wählte hastig seine Nummer und hatte Glück. Er war gleich dran, fragte allerdings: »Kati? Bist du das?«

Ich erklärte ihm rasch, warum ich auf Katis Handy anrief ... als er mich aber sofort unterbrach.

»Mila, es ist grade mal wieder ganz schlecht. Wir konnten das Fohlen gestern doch noch nicht holen, weil es total falsch liegt. Wir probieren es jetzt mit dem Tierarzt zu drehen, damit es auf natürlichem Weg geboren werden kann. Du verstehst. Wenn das nicht klappt, müssen wir mit der Stute schleunigst in die Klinik ...«

»Aber ... aber ... nur ein paar Sätze noch ...«, versuchte ich ihn zu halten, doch er meinte nur: »Ich melde mich später ... geht jetzt echt nicht ... bis gleich ...«, und legte auf.

Hatte ich nicht im Hintergrund Vanessas hysterische Stimme gehört? Ich hockte mich auf einen Felsen und wartete. Wie lange dauerte es wohl, so ein Fohlen zu drehen? Ziemlich lange. Die Zeit verstrich, es wurde windiger und kühler und dunkler und plötzlich war ich von fernen Blitzen und Donnergrollen umgeben. Markus rief nicht an, und weil ich nicht in das Gewitter geraten wollte, ging ich schweren Herzens zurück.

Aber es war schon zu spät. Der Himmel öffnete seine Schleusen und es begann in Strömen zu regnen. Ich konnte kaum die Hand vor Augen sehen und fürchtete, mich zu verlaufen. Als ein Felsen vor mir auftauchte, auf dem eine verkrüppelte Latschenkiefer wuchs, hockte ich mich darunter und presste mich so eng an den Felsen wie möglich. Eigentlich sollte man ja bei Gewitter Bäume meiden, aber ringsum standen hohe Tannen, da würde der Blitz bestimmt lieber reinfahren als ausgerechnet in so eine mickrige Kiefer, unter der eine genauso mickrige Mila hockte.

Ich kauerte mich zusammen, umklammerte mit den Armen meine Knie und hoffte, dass das Wetter schnell wieder besser werden würde. Wurde es aber nicht. Im Gegenteil! Es goss wie aus Kübeln. Ich wurde nass und nässer und kam mir so verlassen und verloren vor, dass ich anfing zu weinen.

Wie gemein war das denn mal wieder vom Schicksal?! Warum war Markus jetzt nicht bei mir oder ich bei ihm? Warum hockte nicht Vanessa hier im Regen und ich half Markus mit dem Fohlen? Es war so ungerecht! Ich zog gerade in tiefer Verzweiflung die Nase hoch, als plötzlich eine schemenhafte Gestalt vor mir stand. Es war Antony!

Er ergriff meine Hand, zog mich hoch und rannte mit mir den Berg hinunter zur Hütte.

Oh, mein Gott, war ich erleichtert! Unter dem

Vordach der Hütte hielten wir keuchend inne. Für einen kurzen Moment lehnte ich mich atemlos an Antonys Brust.

»Woher wusstest du?«, fragte ich vor Kälte zitternd.

Er strich mir das nasse Haar aus dem Gesicht. »Kati hat es mir verraten. Deine Freundinnen haben sich Sorgen um dich gemacht, als das Gewitter aufzog. Also habe ich dich gesucht.«

»Das war lieb von dir«, hauchte ich.

Er schob mich von sich und sagte lachend: »Schon okay, dann leg dich mal trocken, kleine Forest-Fee! Siehst im Moment eher aus wie eine Meerjungfrau.«

Ich grinste zurück: »Könnte dir auch nicht schaden! Wassermann!«

Also öffneten wir zusammen die Tür zur Hütte, wo uns gleich sehr merkwürdige Essensdüfte in die Nase stiegen. Ach herrje, Rumpelstilzchen stand in der Küche und kochte. Na, dann prost Mahlzeit!

Ich pilgerte in den Schlafsaal und suchte mir trockene Sachen aus meinem Koffer. Hanna und Kati lagen auf ihren Betten und lasen. Sie waren froh mich zu sehen, meckerten aber trotzdem. Besonders Hanna war ziemlich geladen.

»Spinnst du, alleine so weit in die Berge zu gehen? Dir hätte sonst was passieren können bei diesem Unwetter.«

Ich zog das Handy raus, um es Kati zurückzugeben. Uups! Das hatte wohl etwas Wasser abgekriegt.

»Äh, wie tief kann man mit einem Handy tauchen?«, fragte ich vorsichtig.

»Tauchen?« Sie riss mir das Teil aus der Hand und

starrte es panisch an. »Was hast du damit gemacht? Es ist total nass!!«

Hanna kriegte nun vollends die Krise. »Na super! Wie soll ich denn damit Branko anrufen! Ich bin tot! Hörst du, wenn ich mich nicht bei ihm melde, bin ich so gut wie tot für ihn!!!«

Kati schüttelte das Handy und es lief Wasser raus. Das Ding war offenbar wirklich im Eimer.

»Das, äh, tut mir jetzt aber echt leid …«, stotterte ich schuldbewusst. »Äh, wir haben aber eine Haftpflichtversicherung …«

»Dafür kann ich mir jetzt auch nichts kaufen«, nölte Hanna und Kati meinte betrübt: »Jetzt sind wir wirklich von aller Welt abgeschnitten.« Und damit hatte sie leider recht.

Ziemlich schlecht gelaunt latschten wir in die Küche rüber, wo Rumpelstilzchen immer noch am Herd stand und wie ein Hexenmeister dunkel murmelnd alle möglichen Zutaten in einen riesigen Topf warf. Zu guter Letzt quetschte er noch beidhändig zwei Tomaten in das Gebräu, rührte kräftig um und schmeckte dann mit diversen Gewürzen ab. Er schien zufrieden und forderte uns auf, den Tisch zu decken. Da wir nach dem nicht gerade üppigen Frühstück ziemlichen Kohldampf hatten, starrten wir hungrig und erwartungsvoll auf den Kochtopf, den er mit stolzer Miene auf den Tisch stellte. Er hob den Deckel und tunkte eine riesige Kelle hinein.

»Wem darf ich zuerst geben? Kilian? Dich sehe ich doch immer essen!«

Kiwi reichte seinen Teller rüber und Rumpelstilzchen pappte ihm einen ordentlichen Schlag mit der Kelle drauf.

»Guten Appetit!«

Irgendwie roch es komisch, fand ich, hielt aber doch meinen Teller hin.

»Was ist das?«, fragte Hanna und stocherte mit der Gabel in dem seltsam aussehenden Eintopfgericht. Sie verzog leicht angewidert das Gesicht.

»Hühnchenragout provenzalische Art«, antwortete Rumpelstilzchen und zu Nickel gebeugt fügte er ironisch hinzu: »Rein vegetarisch natürlich!«

Sein Blick wanderte zurück zu Hanna. »Nun, Hanna? Schmeckt es?«

Hanna steckte die Gabel in den Mund und lächelte Rumpelstilzchen an.

»Großartig … so … so … richtig … äh … lecker. Wo haben Sie denn so gut kochen gelernt? Bei einem Sternekoch?«

Rumpelstilzchen quollen fast die Augen aus dem Kopf vor Stolz, aber er wehrte bescheiden ab.

»Ein Rezept meiner Mutter … ein wenig … äh … abgewandelt …«

»Hast du einen Schaden?«, fragte ich Hanna später hinter der Hütte beim Anstehen am Klohäuschen. »Der Typ vergiftet uns und du findest es auch noch lecker?!«

Und auch Kati wollte wissen, ob Hanna an Geschmacksverirrung leiden würde. Die schüttelte nur den Kopf, während sie sich krampfhaft den Bauch hielt.

»Ich hoffe, dass er sich daran erinnert, wenn er die Mathenoten fürs Zeugnis macht. Ich brauch doch so dringend eine Vier!«

Na ja, der Zweck heiligt die Mittel, dachte ich, und Durchpfiff hatten wir eh!

Holaladidiarhöööööööööhhh … diarhöhhhhhhh … ööööhhhhhh …

Das war ein Echo! Worauf, könnt ihr euch sicher denken.

Auf der Alm, juchhee, tut mir's Herze weh!

Rumpelstilzchen war dran. Ein Lehrer, der seine Schüler mit ungenießbarem Schlangenfraß vergiftete, hatte es nicht anders verdient. Die Zauberformel hieß Enzian und war ein hochprozentiger Alpenschnaps. Uns kam zu Hilfe, dass der lange Aufstieg und die feuchtklamme Luft Rumpelstilzchen ziemlich auf die Bronchien geschlagen waren. So hustete und keuchte er am nächsten Tag reichlich erbarmungswürdig herum. Es war Antony, der ihm schließlich heißen Enzian als bewährtes bayerisches Hausmittel aufschwatzte, und es dauerte nicht lange, da lag unser gefürchteter Mathelehrer platt auf der Ofenbank. Na ja, platt nicht grade bei dem Bauch.

Nickel schob sogleich Panik. »Was machen wir denn nur mit ihm? Er kann doch nicht die ganze Nacht hier liegen bleiben?!«

Konnte er wirklich nicht, da verdarb er uns nämlich jede Gemütlichkeit. Die Ofenbank war schließlich nahezu die einzige angenehme Ecke in der versifften Hütte.

»Wir packen ihn in sein Bett, da kann er sich auskurieren«, schlug Antony vor und gemeinsam mit Tobi, Kiwi und Nickel kriegte er Rumpelstilzchen tatsächlich weggeschleppt.

Natürlich war dann Einstandsparty angesagt. Der mitgebrachte Vorrat an Chips wurde ausgepackt und bei Tat oder Wahrheit ging die Post ab. Als das Feuer erlosch und es wieder ziemlich klamm wurde, verzog sich Nickel und wir schlichen auf leisen Sohlen allesamt in den Mädchenschlafsaal. Da ging es mit Flaschendrehen weiter. Kiwi war gerade dabei, einen formvollendeten »Männerstrip« hinzulegen, als krachend die Schlafsaaltür aufflog und Rumpelstilzchens füllige Figur drohend den Rahmen ausfüllte. Er wirkte nicht sehr standfest und musste sich am Türrahmen abstützen, war aber doch so weit klar, dass er sich schnell ausrechnen konnte, dass sich ebenso viele Jungen wie Mädchen im Mädchenschlafsaal aufhielten. Und die gehörten in seinen Augen da wirklich nicht hin.

»Alle raus, die nicht Mädchen sind!!!!«, brüllte er. »Hier herrscht Nachtruhe!!! Aber zackig!«

Die Jungs spritzten von den Betten hoch und Kiwi begann hastig seine Klamotten einzusammeln, die er im Eifer seiner Performance reichlich unkontrolliert von sich geschleudert hatte.

Rumpelstilzchen war die Delikatesse der Situation nicht entgangen und natürlich konnte er einen zynischen Kommentar nicht zurückhalten.

»Falls du deine hormonellen Wallungen in Zukunft nicht in den Griff kriegst, Kilian, empfehle ich dir eine Kneippkur mit Schlauchdusche und Tauchbad im Brunnen. Und jetzt raus!«

Kiwi presste seine Kleidungsstücke an sich und preschte mit hochrotem Kopf aus dem Schlafsaal. Krachend warf Rumpelstilzchen die Tür zu.

Uups, wer hatte sich denn dahinter versteckt? Tobi!

»Wie süß!«, stieß Kati gerade hocherfreut aus, als die Tür erneut aufflog und Tobi voll gegen die Wand kickte. Der schrie laut auf, woraufhin Rumpelstilzchen sofort wieder auftauchte und ihn hinter der Tür hervorzog.

Tobi hielt sich mit beiden Händen den Magen und trug ein sehr gequält wirkendes, verlegenes Grinsen im Gesicht.

»Das ist wirklich der älteste Trick, den ich kenne!«, schnaubte Rumpelstilzchen. »Sich hinter der Tür zu verstecken! Für wie blöd hältst du mich eigentlich, Tobias?!«

Tobi stöhnte weidwund und Kati zerfloss vor Mitleid.

»Was, was haben Sie getan?«, schrie sie Rumpelstilzchen an. »Er hat voll die Türklinke in den Magen gekriegt. Wenn er nun an inneren Blutungen stirbt!«

Sie eilte zu Tobi, um ihn zu trösten, aber Rumpelstilzchen zerrte ihn weg und schubste ihn aus dem Mädchenschlafsaal.

»Er wird es überleben«, blaffte er. »Raus hier, los, los!« Dann knallte er mit den Worten: »Und hier herrscht jetzt Ruhe!«, die Tür zu.

»Oh, mein Gott!«, stöhnte Hanna auf. »Ist der Typ den gar nicht totzukriegen? Bei dem vielen Enzian hätte der bis übermorgen schlafen müssen, hat Antony gemeint.«

Ich zuckte die Schultern.

»Soweit ich weiß, beschleunigt Alkohol die Fettverbrennung. Bei Rumpelstilzchens Körperumfang ist das Zeug vielleicht dafür draufgegangen, statt ihn einzuschläfern.«

»Na toll«, muffelte Kati. »Da kriegt der gratis 'ne Schlankheitskur von uns und führt sich dann so auf.« Sie drehte sich zur Wand.

»Gute Nacht, Mädels!«, sagte sie leise und ich versuchte es mal auf Bayerisch: »Guads Nächtle …«

Es musste wohl an der Höhenluft liegen, anders konnte ich mir nicht erklären, dass ich schon wieder mitten in der Nacht aufwachte. Vielleicht war es aber auch die chronische Unterernährung als Ergebnis unseres Hungerstreiks. Denn wir verweigerten konsequent alles, was Rumpelstilzchen kochte. Schließlich wollten wir nicht die gesamte Chorfreizeit auf dem Klo verbringen.

Die Folge war allerdings, dass mir nun gehörig der Magen knurrte. Ein paar Chips waren eben doch kein vollwertiges Abendessen. Hm, vielleicht konnte ich ja in der Küche was Essbares finden. Und wenn es nur eine Scheibe Toast mit Nutella war. Auf leisen Sohlen pirschte ich mich aus dem Schlafsaal und an dem schnarchenden Rumpelstilzchen vorbei in die Küche. Hoppla, war da jemand? Jedenfalls fiel ein Lichtschein von dort in den Flur.

Vorsichtig schlich ich näher. Ich werd ja nicht mehr! Da stand doch tatsächlich Antony am Herd und brutzelte Pfannkuchen. Wow, roch das lecker! Ich trat leise zu ihm und er fuhr etwas irritiert herum.

»Oh, Mila, wusste gar nicht, dass du auch als Nachtgespenst arbeitest!«

Ich kicherte. »Und du als Koch! Krass. Wieso kannst du das?«

Antony grinste. »Meine Mutter arbeitet bis abends. Wenn ich nicht selber kochen könnte, würde ich verhungern.«

Das kannte ich.

»Da geht es dir wie mir«, sagte ich. »Bin alleinerziehende Tochter und auch Selbstversorger. Meine Mutter ist immer auf Achse.«

Antony hatte sich wieder der Pfanne zugewendet, schüttelte sie ein wenig hin und her und warf dann den Pfannkuchen so geschickt in die Höhe, dass er sich in der Luft umdrehte, bevor er wieder in der Pfanne landete.

»Genial!«

»Du bist natürlich eingeladen«, sagte er und wenig später hockten wir am Tisch und mampften Pfannkuchen mit Nussnougatcreme. Der Wahnsinn! Ich hatte das Gefühl, seit Jahrhunderten nicht mehr so gut gegessen zu haben.

Und dann brach erneut das Unheil in Gestalt von Rumpelstilzchen in unsere Idylle ein. Der Typ war einfach eine Pest!

»Was ist hier los?«, bellte er. »Was macht ihr hier?!«

»Essen, sieht man doch«, rutschte es mir leider mal wieder taktisch völlig ungeschickt heraus. Dass ich aber auch nie meine Zunge im Zaum halten konnte. Nicht mal, wenn sie gerade einen Löffel mit Nutella ableckte! Merde!

Rumpelstilzchens Stirn umwölkte sich und er richtete sich zu seiner vollen Größe auf. Er glaubte wohl, dadurch imposanter zu wirken. Aber fettleibige Lehrer im groß karierten Pyjama und kleinkarierten Morgenmantel sehen auch dann nicht wirklich Ehrfurcht gebietend aus. Kariert eben. Vielleicht sollte ihm das mal einer sagen …

»Unsere Vorräte sind genau kalkuliert und jede Mahlzeit ist geplant. Die Eier sind abgezählt!«, blaffte er mich an.

»Oh, Entschuldigung«, mischte sich nun Antony ein. »Ich wusste echt nicht, dass Sie unsere Eier zählen.«

Ich musste mir ein Grinsen verkneifen.

»Das ist Mundraub«, tobte Rumpelstilzchen und schritt mit kontrollierendem Blick die Vorratsregale ab. »MUNDRAUB!!! Das ist ein Verbrechen an der Gemeinschaft! Das kann nicht ungesühnt bleiben.«

Er trat an den Tisch und zählte die Eierschalen nach.

»Fünf!!!«, knurrte er. »Fünf Eier für zwei Personen! Was für eine Verschwendung! Wo doch alles extra den Berg hinaufgeschafft werden muss! Jedes einzelne Ei muss den Berg rauf!!!«

»Jedes Ei einzeln?«, fragte ich ungläubig.

Er drehte sich zu uns herum und sagte mit finster gerunzelter Stirn: »Das wird euch abgezogen, das ist euch doch wohl klar. Das heißt: zweieinhalb Tage kein Frühstücksei für euch!«

Na klasse! Aber die Pfannkuchen waren köstlich!

Ich zwinkerte Antony verschwörerisch zu, als wir getrennt den Rückzug in unsere Schlafsäle antraten. Satt und zufrieden schlief ich sogleich ein.

»Verbrenn dich nicht an Antony«, hatte Hanna

gesagt. Das war nicht so leicht, denn wo er war, war es in dieser kalten Zeit immer irgendwie warm. Aber spielte ich deswegen schon mit dem Feuer?

Offenbar ja, denn in der Nacht hatte ich einen wirklich merkwürdigen Traum. Ein winziges Teufelchen und ein ebensolches Engelchen, die beide verdammt wie ich aussahen, saßen auf einem Balken über meinem Bett und stritten sich.

»Was hat sie schon gemacht mit Antony? Einen Pfannkuchen gegessen! Na und? Wer weiß, was Markus mit Vanessa gemacht hat?«, sagte das Teufelchen cool, aber das Engelchen fiel ihm ins Wort und nölte: »Markus ist ihr Freund. Er ist treu, aber sie hat fremdgeflirtet!«

Das Teufelchen kicherte und stieß neckisch mit seinem Dreizack nach dem Engelchen. »Nun übertreib aber nicht! Außerdem, was ist schon so ein kleiner Flirt. Antony ist nett und alle Mädchen sind scharf auf ihn ... und was Markus und Vanessa angeht ... ich würde für die beiden wirklich nicht meine Hände ins Höllenfeuer legen ...«

»Aber Mila liebt Markus!!!!«, rief das Engelchen so laut und entsetzt aus, dass ich vor Schreck aufwachte und fast aus dem Bett geplumpst wäre.

»Haltet die Klappe, ihr beiden!«, rief ich dabei und presste mir die Hände auf die Ohren. »Ich will das nicht hören!«

Fast der ganze Schlafsaal war durch mein Geschrei schlagartig aufgewacht.

»Was ist denn, Mila?«, fragte Kati verschlafen.

»Äh, Entschuldigung, hab nur geträumt ...«

»Vielleicht geht es nächstes Mal etwas leiser«, knurrte sie ungnädig. »Du bist hier nicht alleine.«

»Ja, ich versuche es«, sagte ich, drehte mich zu Hanna, die nach wie vor im Tiefschlaf war wie ein Bär im Winter, und fiel bald in einen unruhigen Schlummer.

Schlaf, Kindchen, schlaf, sei kein dummes Schaf, macht Markus mit Vanessa rum, flirtest du halt mit Antony, sei nicht dumm, schlaf, Kindchen, schlaf!

»Jeden Morgen geht die Sonne auf, in der Wälder wundersamer Runde, und die schöne, neue Schöpferstunde, jeden Morgen nimmt sie ihren Lauf...«

Meine Ohren waren schon wach, als Hanna ihren morgendlichen Weckruf vor der Hütte anstimmte, aber meine Augen und der Rest von mir schliefen noch. Kati jedoch sprang aus dem Bett und öffnete weit das Fenster.

»Ich habe ja so super geschlafen!!«, hörte ich Hanna ihr zurufen. »Kommt raus! Es ist sooooo toll! Ich liebe die Berge!«

»Alles okay mit dir, Hanna?«, fragte Kati zweifelnd, als ich zu ihr ans Fenster trat. Hanna strahlte über das ganze Gesicht und sah eigentlich ganz in Ordnung aus. Nickel gab da eher zur Besorgnis Anlass, fand ich. Er stand in einem schwarzen asiatischen Gewand etwas abseits mitten in der Wiese und übte sich in Tai-Chi, Fengshui, Schattenboxen oder ähnlichem Asia-Entspannungssport. Er sah dabei jedenfalls reichlich krank aus, und so sagte ich grinsend zu Kati: »Hanna wirkt doch ganz okay, aber was hältst du von Nickel? Irgendwie scheint er

Freche Mädchen im Liebesstress

Mila (Emilia Schüle) dichtet einen Song für Antony (Jannis Niewöhner).

Antony und Markus (Jonathan Beck) streiten um Mila.

Der neue Musiklehrer Herr Nickel (Tom Gerhardt) leitet den Chor.

Katis Vater (Matthias Brandt) flirtet mit Tinka (Gwyneth Minte).

Mathelehrer Rumpelstilzchen (Armin Rohde) triezt Hanna (Selina Shirin Müller).

Kati (Henriette Nagel) ist entsetzt darüber.

Vanessa (Christina Peifer) hat ordentlich Holz vor der Hütte.

Kiwi (Marius Weingarten) und Markus finden das sexy.

Mila traut auf dem Reiterhof ihren Augen nicht.

Markus wälzt sich mit Vanessa im Heu!

Warum meldet sich Mila nicht?

Kati stellt sich krank …

… und fährt heimlich zum Fotoshooting.

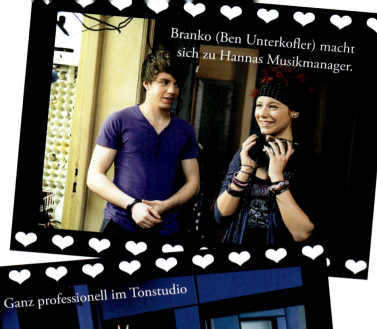
Branko (Ben Unterkofler) macht sich zu Hannas Musikmanager.

Ganz professionell im Tonstudio

Branko ist ein Vollmacho, Hanna schmeißt hin.

Tobi (Vincent Bruder) findet den Typen-Test.

Tobi ist enttäuscht von Kati.

Kati und Tobi wieder versöhnt

Wer ist die Schönste im ganzen Land? Hanna, Mila oder Kati?

Zickenzoff unter Freundinnen

Hanna hält zu Branko.

Chorfahrt auf die Almhütte

Singen vor der Almhütte mit Musiklehrer Nickel

Autorin Bianka Minte-König mit drei frechen Mädchen bei den Dreharbeiten in den Bayerischen Bergen

Handys her!

Drei freche Mädchen träumen schlecht – erste Hüttennacht

Tobi und Kati im Schlafsaal

Mila und Antony beim Pfannkuchenbacken um Mitternacht

Strafaktion Plumpsklo putzen!

Von Rumpelstilzchen erwischt!

Drei Putzfeen beobachten Rumpelstilzchen und Nickel.

Nickel bringt Rumpelstilzchen das Singen bei.

Aktion – Reaktion

Abschlussfest

Hanna mit Rumpelstilzchen auf dem Herrenklo

Rumpelstilzchen singt mit Hannas Unterstützung.

reif für die Klapse. Meinst du, es ist unsere Schuld, dass er jetzt durchdreht?« Kichernd pilgerten wir zum Frühstück.

»Für mich kein Ei«, sagte ich mit einem Blick zu Rumpelstilzchen und erzählte dann Hanna und Kati von meiner nächtlichen Pfannkuchen-Orgie mit Antony.

Was Kati wieder zu der Bemerkung: »Aha, Antony und so …« veranlasste. Aber da erwischte sie mich heute auf dem falschen Fuß und so sagte ich etwas pampig: »Aber Vanessa und so geht bei Markus, oder was?«

Es war so ein Mist, dass wir keine Handys hatten, denn eigentlich hätte ich schon ganz gerne gewusst, ob das Fohlen gesund zur Welt gekommen war und … ob Markus mich noch liebte.

Am nächsten Tag, die Jungen hackten gerade Holz für Herd und Kamin, startete Kati ihre Karriere als Volksschauspielerin. Sie hätte echt dem Komödienstadl alle Ehre gemacht und die Aufnahmeprüfung an jeder Schauspielschule bestanden. Aber der Reihe nach. Rumpelstilzchen kontrollierte gerade die Jungs beim Holzhacken und triezte sie so nebenbei mit naturwissenschaftlichen Fragen, als Kati mit einem großen Holzklotz im Arm plötzlich umknickte und laut aufschrie.

Tobi kam ihr sofort zu Hilfe und fragte sehr besorgt: »Was, was ist denn, Kati? Hast du dich verletzt?«

Kati hockte stöhnend auf der Bank und hielt sich den Fuß.

»Nicht so schlimm … geht schon … keinen Arzt … ich mag Ärzte nicht … Ärzte jagen mir Angst ein … da hab ich eine Phobie gegen …«

Hm, eine Spinnenphobie hatte ich ja selber, aber eine Ärztephobie? Das war zumindest etwas unpraktisch, jedenfalls im Augenblick. Wenn Kati sich ernsthaft den Fuß verletzt hatte, sollte vielleicht doch mal ein Arzt einen Blick darauf werfen.

Das fand Rumpelstilzchen auch, und obwohl Kati sich vehement sträubte, ordnete er an: »Du musst sofort ins Krankenhaus. Das muss geröntgt werden. Nicht dass ich nachher schuld bin, wenn da was falsch behandelt wird.«

Er schaute in die Runde. Hm, wie brachte ich ihn denn nur dazu, dass er mich mit Kati ins Tal schickte?

»Ich fahre aber nicht mit Kati runter, Herr Reitmeyer!«, sagte ich spontan seinen Widerspruch herausfordernd.

»Wer mit Kati runterfährt oder nicht«, entgegnete er autoritär, »bestimme immer noch ich.« Er starrte mich provozierend an. »Du möchtest also deine Freundin nicht begleiten?! Darf ich wissen, warum nicht?«

Ich druckste noch herum, als sich Tobi anbot: »Ich mach das, ich fahre mit Kati mit.«

Kati wurde blass um die Nase, das passte ja nun gar nicht. Aber Rumpelstilzchen dachte ohnehin nicht daran, Tobis Angebot anzunehmen.

»Das könnte dir so passen«, schnaufte er und drehte sich zu mir herum. »*Du* bringst sie ins Tal zum Krankenhaus in die Ambulanz, Mila!«

Ich schaute unfroh.

»Keine Widerrede! Los, los!«

Wenig später verließen Kati und ich die Gondel und Kati hüpfte vergnügt die Stufen der Seilbahnstation herunter, während ich mit verstellter Stimme kichernd sagte: »Aber ich fahre auf keinen Fall mit Kati runter, Herr Reitmeyer ... ich fahre auf gar keinen Fall mit ...«

Kati lachte glucksend. »Bitte keinen Arzt, ich, ich habe eine Arztphobie ... schon von klein auf ...«

»Das war wirklich eine bühnenreife Vorstellung von uns«, sagte ich. »Rumpelstilzchen hat uns alles geglaubt, der war Wachs in unseren Händen ...« Und mit einem besorgten Blick auf Katis Füße meinte ich scheinheilig: »Sieht echt schlimm aus, wir sollten jetzt schnellstens zur Ambulanz humpeln ... Wo ist das Krankenhaus eigentlich?«

Kati konnte sich kaum noch halten vor Lachen und prustete heraus: »In München ... rechts der Isar oder so ...«

Ich hakte mich bei ihr unter.

»Na, dann nichts wie hin. Nebenbei können wir ja nachher noch bei dem Fotoshooting vorbeischauen.«

»Wann geht denn heute Abend die letzte Gondel?«

Ich betrachtete den Fahrplan.

»Letzte Bergfahrt: 16:15 Uhr. Hm, das ist ziemlich früh. Schaffen wir das, Kati?«

Kati nickte. »Klar, logisch. Müssen wir einfach.« Und dann drückte sie mich und sagte, dass sie es total cool von mir fände, dass ich sie so unterstützte.

»Ich bin dir so was von dankbar, Mila!«
Ich zuckte die Schultern.
»Dafür nicht, Kati. Das ist doch wohl Ehrensache. Los, lass uns zum Bahnhof gehen.«

Wir mussten ein wenig warten, bis der Zug nach München fuhr, und weil auf dem Bahnsteig eine Telefonbox stand, dachte ich, dass das eine gute Gelegenheit wäre, Markus anzurufen. Allerdings hatte ich noch nie von einem öffentlichen Münzfernsprecher aus telefoniert. Ich warf also zwei kleine Münzen in den Schlitz und wählte Markus' Nummer. Er meldete sich tatsächlich. Wie geil war das denn!

»Hallo«, sagte er und ich stammelte: »Ich bin's. Hey, wie …« Wie geht's, hatte ich sagen wollen, doch das Gerät gab vorher seinen Geist auf. Klack, klack, weg war das Geld. Das war ja die reinste Geldfressmaschine. Konnte es sein, dass ein Telefonat von Bayern nach Wuppertal so teuer war? Ich schaute in meine kleine Geldbörse und fand dort noch ein 1-Euro-Stück. Hm, sollte ich das auch noch opfern? Doch, sollte ich! Um Markus' Stimme zu hören, gab ich alles. Fast alles, jedenfalls meinen letzten Euro gab ich dafür. Ich stopfte die Münze ebenfalls in den Schlitz, als Kati ihren Arm hob und auf ihre Armbanduhr deutete. Ja, ja, ja … ich machte ganz schnell.

Als die Verbindung stand und Markus sich meldete, sülzte ich ihn darum ziemlich hastig voll: »Ich bin an einem Münztelefon, weil … die haben uns unsere Handys weggenommen und das von Kati ist jetzt auch im Eimer, weil es in den Regen gekommen ist … ich bin auch in den Regen gekommen … nein … nicht jetzt … jetzt sind wir auf dem Weg nach München … weil Kati eine Einladung zu einem Fotoshooting bekommen hat … nein, unsere Lehrer erlauben so was natürlich nicht … aber der Zweck heiligt die Mittel … wir haben ein bisschen getrickst … Was … nein … ich glaube nicht, dass Rumpelstilzchen uns einmachen wird … es sei denn, du sagst ihm, was ich dir eben unter dem Siegel der Verschwiegenheit erzählt habe …«

Kati kam schon wieder drängelnd vorbei und mein Geld ging auch zur Neige. »Du solltest hier sein«, sagte ich gerade zu Markus, als der letzte Cent anbrach. »Es ist so blöde ohne dich!« Ich stockte. Hatte ich da nicht gerade Vanessas Stimme gehört? »Guck mal, Markus, wie niedlich, das Fohlen …«

»Das müsstest du sehen, Mila, das Fohlen trinkt grade …«

Ich dachte, ich würde platzen, und so bellte ich in den Hörer: »Aha – und was macht Vanessa dabei? Ihm die Flasche geben?!«

»Aber Mila …« Was immer Markus auf meinen Vorwurf sagen wollte, ich bekam es nicht mehr zu hören, denn das Geld war schon wieder alle und Kati zerrte mich hektisch zum Zug, der soeben einlief.

»Nun komm, sonst verpassen wir die Bahn und alles war umsonst!«

Wir hatten ein Abteil für uns alleine und so konnte ich ordentlich meinen Frust bei Kati ablassen.

»Sie ist eine total dämliche Tusse und er ist kein bisschen besser als andere Typen!«

Ich zog wütend den Rotz in der Nase hoch und schluckte den Kloß runter, der mir im Hals steckte.

»Mit mir hätte er das Fohlen kriegen müssen! Nicht mit dieser Schleimspur!«

Ich hatte mich in den Sitz zurückgelehnt und trübsinnig die Landschaft an mir vorbeiziehen lassen, als ich bemerkte, dass Kati irgendwie seltsame Grimassen zog. Äh, was machte sie denn mit ihren Lippen? Sie sah ja aus wie Angelina Jolie! Ich folgte unauffällig ihrem Blick und sah, dass sie sich in einem kleinen Spiegel, der über mir zwischen den Sitzen angebracht war, betrachtete und offenbar das Posen für das Fotoshooting übte. Mein lieber Scholli, das sollte sie mal besser schnellstens nachlassen. Sah ja schrecklich aus. Ich räusperte mich und Kati hielt mit vorgestülpten Lippen abrupt inne in ihrem schwachsinnigen Tun. Sie lief leicht rot an und meinte entschuldigend: »Models machen immer solche Schnuten ... doch ... alle machen das ...«

Sie grinste verlegen und schob ihre Lippen wieder in die normale Position zurück. Ohne Botox-Aufspritzung gefiel sie mir bedeutend besser.

»Du machst besser gar nichts«, empfahl ich ihr. »Du siehst so wie du bist eh am besten aus.«

Kati sah mich zweifelnd an. »Echt? Gar nichts? Ich soll wirklich gar nichts machen? Oh Gott, bin ich aufgeregt. Und du meinst wirklich, ich soll gar nichts machen? GAR NICHTS?«

Ich nickte. »Genau – gar nichts.«

Kati sah mich völlig verunsichert an, nickte aber ebenfalls. »Okay, dann gar nichts.«

»Komm her«, sagte ich und Kati hockte sich neben mich. Ich legte den Arm um sie und streichelte sie ein bisschen an der Schulter, während wir beide in die vorbeifliegende Landschaft hinausstarrten und unseren Gedanken nachhingen.

»Du machst das schon«, sagte ich irgendwann aufbauend und dann waren wir auch schon in München.

Es war ein ziemlicher Krampf, das Studio zu finden, und ich wünschte, wir hätten ein Taxi genommen, aber so viel Geld hatten wir nicht. Als wir es dann doch erreicht hatten, war es noch mal ein genauso großer Krampf hineinzukommen. Für Kati natürlich nicht, denn die war ja zu dem Casting eingeladen, aber für mich, denn Begleitpersonen waren eigentlich nicht vorgesehen. Schließlich bekam ich aber doch die Genehmigung, aber nur unter der Bedingung, dass ich mich total im Hintergrund hielt.

Das fiel mir dann zugegebenermaßen doch ziemlich schwer, als ich sah, wie der Fotograf mit Kati umsprang.

Was war das überhaupt für ein Stiesel? War – wie ich hörte – Franzose, redete aber ständig Englisch. Und was für eins! Das tat ja wirklich weh. Weh tat mir auch, wie er Kati fertigmachte, und ich war mehrmals drauf und dran, Kati aus dem Set zu zerren und mit ihr abzuhauen. Der Typ war aber auch mal unfreundlich und zynisch.

Außer Kati waren noch ein paar andere Mädchen zu dem Casting gekommen und … drei Jungen. Äh, nein, das waren eher schon Männer.

Die meisten Mädchen waren auch ein wenig älter

als Kati und sahen wirklich etwas speziell aus. Eigentlich, fand ich, war Kati die Hübscheste von allen. Die Jungs ausgenommen. Die sahen ziemlich cool aus, obwohl der eine, der Robert hieß, irgendwie älter und professioneller wirkte. Das hier war bestimmt nicht sein erster Model-Job.

Gerade rang der Fotograf mal wieder theatralisch die Hände, nachdem er ein paar Aufnahmen zur Kontrolle angesehen hatte, dann deutete er auf Kati.

»Why is she so purple? Incroyable! Heavens! I don't need shots of tomatoes!«

Und zu Kati sagte er direkt: »Cool down, Babe! Relax! Doucement!«

Kati wurde bei seinen Worten natürlich noch nervöser und setzte ein abartiges Grinsen auf. Einige der anderen Mädchen wirkten schon reichlich angenervt.

Ich verstand gar nicht, was mit Kati los war, denn man hatte sie wirklich schick frisiert und geschminkt und sie sah ganz toll aus.

»She is a bit too shy«, sagte plötzlich dieser professionell aussehende Robert. »I think this is her first shooting.«

Der Fotograf sah Robert einen Augenblick irritiert an, denn es ist wohl ziemlich unüblich, dass sich die Models einmischen, dann aber schien ihm eine Idee gekommen zu sein.

»Okay, will you help me with her?«, fragte er. Robert nickte und der Fotograf zerrte ihn hinter Kati und befahl dann: »Hold her, grab her … and hold her tight, tighter!! Okay …?«

Kati wusste nicht, wie ihr geschah, als plötzlich dieser gut aussehende Typ seine Arme um sie schlang und sie dicht an sich ranzog. Völlig verwirrt starrte sie seitlich zu ihm hoch, und was sie sah, schien ihr überaus gut zu gefallen. Sie bekam einen völlig verklärten Ausdruck im Gesicht und himmelte Robert dermaßen an, dass es schon peinlich war.

Der Fotograf aber schien es gut zu finden. »Yes!«, quiekte er und sprang herum wie ein Derwisch, wobei das rasche Klack-klack-klack seiner Kamera den Takt zu diesem irrsinnigen Tanz abgab.

»That's it! Wonderful, Babe, nice, very sweet, keep it, keep it for me, yes, one moment ... okay! Really lovely!«

Er beendete den Tanz und betrachtete die Aufnahmen auf dem Display.

»Really great!«, sagte er und bedankte sich bei Robert für seine Unterstützung.

»Will you come to Düsseldorf next week? I will do some shootings there. I think there will be a job for you.«

Robert war begeistert, nahm dankend an und griff sich dann Kati, um sie kurz durch das Studio zu wirbeln und ihr ein Küsschen auf die Wange zu drücken.

»Du bist ja eine richtige kleine Glücksfee für mich«, sagte er, als er sie wieder losließ.

Ich sah auf die Uhr. Himmel! Wir mussten schnellstens los, wenn wir die letzte Gondel auf den Berg noch kriegen wollten. Also unterbrach ich die beiden.

»Kati, wenn wir jetzt nicht sofort zum Bahnhof rasen und den nächsten Zug nehmen, können wir zu Fuß den Berg hochlaufen!«

»Wo müsst ihr denn hin?«, fragte Robert interessiert.

»Auf die Alm«, sagte ich genervt, weil ich Kati ganz dringend loseisen wollte.

»Genauer hast du es nicht?«, sagte er lachend.

Ich schüttelte den Kopf.

»Nein, das tut doch auch jetzt nichts zur Sache. Wenn wir die Gondel verpassen, dann kriegen wir tierischen Stress mit unseren Lehrern. Wir sind auf Chorfahrt im Berchtesgadener Land.«

»Bleib doch cool, Mila«, sagte Kati und verschlang Robert immer noch mit ihrem Blick. Oh nein, das nicht auch noch. Sie hatte sich doch nicht wirklich in den Typen verliebt?

»Cool bleiben? Wie soll ich cool bleiben, wenn ich weiß, dass Rumpelstilzchen uns einmachen wird, wenn wir nicht bald wieder an der Hütte auflaufen!«

»Du vergisst, dass ich mir den Knöchel verstaucht habe und gar nicht laufen kann …«, warf Kati blöde kichernd ein. Ich sag doch, Männer schlagen in ihr Gehirn meist wie der Blitz ein und dann verkokelt ihr der Verstand. Aber darauf konnte ich jetzt auch keine Rücksicht nehmen. Ich packte sie am Arm. »Los, komm!«

Aber dieser Robert hielt sie zurück. »Nun mach mal keinen Stress. Ich kann euch doch mit meinem Geländewagen rauffahren. Mach gerne mal 'ne kleine Spritztour in die Berge.« Er grinste Kati an.

»Das würdest du tun?«, fragte Kati und produzierte eine neue Variante ihres Schmachtblicks.

»Klar«, sagte er und grinste. »Hab dir schließlich

meinen nächsten Job zu verdanken. Da revanchiere ich mich gerne.«

Wenig später saßen wir in dem schicken Geländewagen von Robert und fuhren mit offenem Verdeck zurück in die Berge. Manno, war das cool! Kati saß vorne neben Robert und ließ ihr offenes Haar im Wind wehen. Ich glaube, sie hielt sich in dem Moment für ein Supermodel, das mit seinem reichen Lover in ein schickes Fünf-Sterne-Wellnesshotel düste.

Ich weiß auch nicht, warum ich gerade jetzt an Rumpelstilzchen und Hanna denken musste. Der hatte garantiert längst im Krankenhaus angerufen und erfahren, dass wir nie dort waren, und nun, wo die letzte Bergbahn ohne uns auf der Bergstation angekommen war, bekam er bestimmt Panik. Und die arme Hanna würde es ausbaden müssen.

»Fahr mal ein bisschen schneller«, sagte ich aus diesen Gedanken heraus zu Robert. »Ich glaube, auf der Alm wird für unsere Freundin Hanna die Luft allmählich ziemlich dünn, und das liegt nicht nur an der Höhe.«

Natürlich hatte Rumpelstilzchen inzwischen gemerkt, dass Kati und ich reichlich lange wegblieben. Klar, dass er sich auf Hanna stürzte und von ihr eine Erklärung verlangte. Zunächst hielt sie sich tapfer.

»Woher soll ich wissen, wo sie sind? Ich kann ja nicht mal Kontakt mit ihnen halten, weil Sie unsere Handys eingesammelt haben.«

Aber damit konnte sie Rumpelstilzchen nicht dauerhaft abblocken. Was sich abspielte, erzählte sie uns spätabends im Schlafsaal.

Als wir auch mit der letzten Gondel nicht an Land gekommen waren, begann er wild tobend alle zusammenzuschreien. Er drohte damit, beim Krankenhaus, bei der Polizei, der Feuerwehr, dem Bundesgrenzschutz und weiß Gott wo anzurufen, und als Kiwi noch den Suchdienst vom Roten Kreuz vorschlug, hätte er ihm fast eine geknallt.

»Das wird Konsequenzen haben«, hatte er geschnaubt, »schreckliche Konsequenzen … für das ganze Damenkränzchen!« Er hatte Hanna aus seinen kleinen, zusammengekniffenen Äuglein scharf angesehen und gezischt: »Da ist was im Busch, da läuft etwas, ein abgekartetes Spiel, und du, Hanna, kannst mir nicht weismachen, dass du davon nichts weißt!«

Es wurde schon dunkel, als Robert nach einigen Irrfahrten mit dem Geländewagen und uns die Hütte erreichte. Klar, dass beim Motorengeräusch alles neugierig an die Fenster spritzte, und als wir die Tür öffneten, lauerte Rumpelstilzchen schon dahinter, um uns einen unvergesslichen Empfang zu bereiten. Aber noch war ja Robert bei uns und mit einem unbefangenen »N'Abend allerseits!« schien er zunächst mal die Atmosphäre zu entspannen.

Rumpelstilzchen quetschte eine Begrüßung zwischen den Zähnen hervor, dann war Stille. Er und zahlreiche schaulustige Mitschüler starrten uns fragend an.

Ich hätte mich gerne verdrückt, aber leider blockierten die den Durchgang zum Schlafsaal. Dann entdeckte ich Hanna. Sie stand halb durch Tobi verdeckt ziemlich weit hinten und versuchte mir irgendwelche Zeichen zu machen, die ich aber leider nicht verstand.

Im Gegensatz zu mir war Kati noch voll euphorisch, strahlte wie ein Honigkuchenpferd und schlang vor allen Leuten die Arme um Roberts Hals.

»Danke, dass du uns gefahren hast. Das war so toll. Echt, danke, danke, danke!«

Und dann drückte sie ihm doch vor versammelter Mannschaft einen fetten Schmatzer mitten auf den Mund.

Der ging es ja wohl nicht gut?! Ich sah, wie Tobi erstarrte, worin er sich allerdings nicht sehr von Rumpelstilzchen unterschied, dem bei dieser Aktion erst mal der Unterkiefer herunterklappte.

Robert löste Katis Klammergriff, setzte ein Busserl auf ihre Wange und verabschiedete sich. »Ruf mich einfach an, wenn du mal wieder einen Ride brauchst oder sonst wie gerettet werden musst.«

Er sah sich mit einem abfälligen Blick in der Hütte um.

»Oder soll ich dich gleich wieder mitnehmen?«

Kati kicherte, als hätte er den ultimativen Joke gemacht, und säuselte verklärten Blicks ... »Wir reisen ja bald ab...«

Robert grinste, wie ich fand, reichlich schleimig, und sagte dann: »Wie gesagt, melde dich, wenn du mal wieder einen Retter brauchst ...«

Aber als er die Hütte verließ, konnte jeder sehen, dass bei Kati schon nichts mehr zu retten war.

Rumpelstilzchens Rache

Katis neue Verliebtheit schützte sie natürlich nicht vor Rumpelstilzchens Rache. Seine Strafpredigt erwischte sie genauso wie mich und Hanna, die er als »Mitwisserin« ganz besonders auf dem Kieker hatte. Er tobte so lange herum, bis wir ihm schließlich gestanden, dass wir in München zu einem Fotoshooting waren.

»Es war eine einmalige Chance für Kati«, versuchte ich um Verständnis zu werben. »So etwas fällt einem schließlich nicht alle Tage vor die Füße.«

Er ließ sich nicht milde stimmen. »FOTOSHOOTING!«, blaffte er. »Wozu soll das denn gut sein?« Und Kati bellte er an: »Glaubst du, du wirst eine zweite Heidi Klum? Größenwahn, Hybris! Seid ihr alle verrückt geworden?«

Er ging auf Hanna zu. »Du bist schuld! Mit deinem Gesangscasting-Tralala hast du deinen Mitschülern diesen Floh ins Ohr gesetzt. Jetzt glauben sie, dass man nur zu einem Casting gehen muss, und schon kommt man groß raus.«

Er lief mit unruhigen Schritten vor uns auf und ab.

»Daraus wird nichts, sage ich euch!« Und dicht vor Hanna stehend, brüllte er ihr wütend ins Gesicht: »Mich so zu hintergehen! Ich kann dir nur raten, dich auf deinen Hintern zu setzen und zu lernen, bis dir das Gehirn raucht. Sei dir sicher, dass ich dich ab jetzt jede Stunde an die Tafel holen werde, und wenn du dann keine Leistung ablieferst, kannst du deine Versetzung vergessen.«

Hanna wurde leichenblass bei seinen Worten, denn ihre Versetzung stand eh schon auf Messers Schneide. Aber damit nicht genug, verdonnerte uns Rumpelstilzchen auch noch zu Strafarbeit.

»Und für das gesamte Damenkränzchen gilt: Putz- und Spüldienst für den Rest der Woche – und jetzt ab in die Betten! Abendbrot fällt für euch heute aus!«

Im Schlafsaal fanden wir erst mal keine Ruhe, denn natürlich wollten alle anderen Mädchen Genaueres über unseren heimlichen Ausflug nach München erfahren. Wir befriedigten ihre Neugier und schlichen uns dann spät in der Nacht am schnarchenden Rumpelstilzchen vorbei noch einmal vor die Hütte. Es war eine selten klare Nacht, und so hockten wir uns auf die Hausbank und betrachteten eine Weile schweigend die glitzernden Sterne.

Schließlich seufzte Kati tief und sagte versonnen: »Es war so was von aufregend. Egal wie mies Rumpelstilzchen auch drauf ist, ich würde es wieder tun.«

Ich schaute sie skeptisch von der Seite an und schüttelte innerlich den Kopf über sie, weil sie so total verklärt die Sterne anglotzte. Echt, mit riesigen Kuhaugen. Gott, musste die verknallt sein! Dieser Robert war ja wohl wie ein Sturm über sie gekommen. Armer Tobi. Aber mit so einem konnte er einfach nicht mithalten.

»Du findest Robert toll, stimmt's?«, fragte ich völlig überflüssigerweise.

»Und wenn? Ist es verboten?« Meine Güte, warum so aggro?

»Und Tobi?«, warf ich vorsichtig ein.

»Tobi, Tobi, Tobi! Immer geht es um Tobi. Glaubst du wirklich, er würde mir ewig treu bleiben? Er ist doch auch nur ein Mann. Irgendwann findet er mich langweilig und sucht sich eine langbeinige, fettbusige Tinka – genau wie mein Vater.«

Drehte Kati jetzt am Rad?

»Was redest du denn für einen Unsinn? Du vergleichst Äpfel mit Birnen! Tobi ist doch nicht wie dein Vater!«

»Er ist ein Mann, das reicht. DU hast selbst gesagt, dass deine Mutter meint, alle Männer sind Jäger. Alle. Irgendwann zieht es sie raus und sie jagen erneut …«

Ich starrte Kati völlig perplex an, denn solche Worte aus ihrem Mund klangen wie eine unbekannte Fremdsprache in meinen Ohren. Sie spürte wohl meine Verwirrung, denn sie schob erklärend nach: »Ich hab Tobi lieb, das stimmt, aber ich will nicht von ihm verletzt werden. Wenn er mich doch irgendwann verlässt, will ich nicht so dastehen wie meine Mutter. Verstehst du, ich sehe mich beizeiten um. Sagt dir der Name Diana was?«

Ich schüttelte den Kopf.

»Das ist die Göttin der Jagd. Ja, ganz recht, auch Frauen jagen. Wir alle sind Jägerinnen!« Sie sah mich mit einem schiefen Grinsen an. »Wir müssen nur wollen.«

Ich raffte gar nichts. Kati verlor die Geduld und klang bei ihren nächsten Worten direkt entrüstet: »Tu doch nicht so verständnislos, du bist doch selber schon auf der Jagd.«

»Wie bitte?« Der ging´s ja wohl nicht mehr gut. »Wo bin ich denn bitte schön auf der Jagd?«

»Und was ist mit Antony und so …?«

»Nichts ist mit Antony!«

Kati blieb hartnäckig. »Und deswegen hängt ihr auch ständig zusammen, backt Pfannkuchen …«

»Das interpretierst du völlig falsch. Ich hatte Hunger!«

»Klar, Hunger nach Liebe, wo doch Markus jetzt garantiert mit Vanessa rummacht! Brauchst dich doch nicht zu schämen, ist ja normal. Männer machen es schließlich genauso. Die gehen durchs Leben, als wäre es ein riesiges Kuchenbüffet zur Selbstbedienung. Finden sie die richtige Tortenschnitte, naschen sie wie die Kater!«

Ich war völlig perplex. Meine Güte, Kati kam ja richtig ins Philosophieren. Die Trennung ihrer Eltern war ihr wohl voll aufs Gemüt geschlagen. Und so falsch lag sie nicht mal.

Aber ehe ich etwas antworten konnte, sprang Hanna von der Bank und schimpfte mit gebremstem Schaum vorm Mund: »Ihr habt vielleicht Probleme! Göttin der Jagd! Geht's noch? Ich werde wahrscheinlich wegen euch nicht versetzt und ihr redet über Kuchenbüffets, Schnitten und Naschkater! Ich geh schlafen!«

Wir folgten ihr schweigend. Sie hatte ja recht. Jungs waren wichtig, aber ihre Versetzung war wichtiger. Wir würden uns etwas einfallen lassen müssen.

Damals ahnte ich noch nicht, dass das Schicksal selbst die Dinge in die Hand nehmen würde und die Sache mit Hanna und Rumpelstilzchen eine überaus dramatische Wendung erfahren würde.

Wir standen am nächsten Morgen nach dem Frühstück in der Küche vor einem riesigen Spülberg, als wir Rumpelstilzchen mit Nickel reden hörten, der versuchte, für uns eine Milderung der Strafe herauszuholen.

»Es sind doch noch Kinder …«, sagte er, worauf Rumpelstilzchen doch tatsächlich meinte: »Glauben Sie, Herr Kollege, ich bin gerne so streng?«

»Nicht?«

»Nein, aber es ist meine Pflicht! Sehen Sie, ich bin Mathelehrer, ein Mensch der Logik. Regeln steuern unser Leben, werden sie verletzt, bricht das Chaos aus … verstehen Sie, alles zerfällt in unbeherrschbare Einzelteile …«

Nickel lachte und ich verstand nur noch Bruchstücke von dem, was die beiden sprachen.

»Kenne ich …«, sagte Nickel, »… Chaostheorie, das Chaos als Grundlage des Universums … aller Kreativität … aller Klänge … der Musik!«

Rumpelstilzchen widersprach. »Nein, nein, nein, die Musik ist ja gerade ein Beispiel dafür, dass es nur mit Regeln geht. Ich habe mich mit Bach … also Johann Sebastian … beschäftigt … ja, ich weiß … eine Jugendsünde … faszinierend … seine Fugen …

strengste kompositorische Regelwerke … ein Genie … er hätte Mathematiker sein können …«

Er hustete. »Wie auch immer. Regelverstöße müssen Strafen nach sich ziehen. So ist es nun mal. Ein Naturgesetz. Auf jede Aktion folgt eine Reaktion.«

Ich schielte zu den beiden rüber und sah, wie Nickel Rumpelstilzchen einen Schnaps eingoss und ihm das volle Glas in die Hand drückte.

»Aktion …«

Nickel stieß mit ihm an und sagte grinsend: »… Reaktion! Runter damit!«

Rumpelstilzchen starrte auf das Glas, sagte: »Aber ich vertrage keinen Alkohol …«, und kippte ihn sich trotzdem hinter die Binde. Dann diskutierten sie weiter über *Gödel, Escher* und *Bach* und die Beziehung zwischen Mathematik, Musik und bildender Kunst.

»Man findet sehr oft eine mathematische Hochbegabung mit einer musikalischen Hochbegabung kombiniert. Viele hervorragende Mathematiker sind zugleich gute Musiker …«

Rumpelstilzchen starrte Nickel ziemlich geistesabwesend an, als dieser hinzufügte: »… Ich wette, bei Ihnen, lieber Kollege, schlummert da auch noch was im Verborgenen … Sie sollten es rauslassen!«

Oje, dachte ich, besser nicht!

Wir beendeten den Abwasch, und als wir uns davonmachten, meinte Nickel jovial zu Rumpelstilzchen: »Nenn mich Fritzgerald …«

Irgendwann hatte Nickel Rumpelstilzchen wohl unter den Tisch gesoffen, denn er stand plötzlich im Türrahmen der Hütte und forderte uns auf, uns zu versammeln. Als dies geschehen war und sich alle vor der Hütte zusammengerottet hatten, begann er mit einer spontanen Chorprobe.

»Ihr wisst, dass wir das Arbeitsergebnis dieser Chorfahrt auf dem Schulfest präsentieren wollen, also bitte Konzentration.«

Er schlug seine Stimmgabel an die Milchkanne, gab uns den Kammerton A und wir legten mit dem ersten Almdudler los. Es folgte *Ein Jäger längs dem Weiher ging … lauf, Jäger, lauf …* und dann natürlich die *Barcarole*.

Hanna übernahm wie immer die Führung, und da wir uns alle an ihr orientierten, klang es sogar bald ganz gut und Nickel war zufrieden.

Dann stürzte er sich auf Antony, Robeat und die Leute vom A-Cappella-Chor und es entbrannte eine heiße Diskussion darüber, ob die Gruppe nicht auch eigene Rap-Texte performen könnte. Das wäre doch etwas zeitgemäßer als die Comedian Harmonists. Nickel zeigte sich zwar nicht begeistert, aber liberal. »Wenn ihr überzeugende Texte vorweisen könnt, bin ich der Letzte, der eure Kreativität bremsen würde«, meinte er und übte dennoch mit uns weiter seine Oldies ein. *Irgendwo auf der Welt gibt's ein kleines Stückchen Glück und ich denk daran in jedem Augenblick …*

Taten wir das nicht alle?

Als wir zum Mittagessen zurück in die Hütte gingen, verstellte Tobi Kati den Weg und fragte unsicher: »Warum hast du mir eigentlich nicht gesagt, was du vorhast? Ich habe mir Sorgen gemacht.«

Kati schien die Frage unangenehm zu sein und so wischte sie sie mit einer lapidaren Antwort beiseite. »War doch nicht so wichtig.«

»War es doch. Du hättest es mir ruhig sagen können.«

Kati war genervt. »Ja, hätte ich«, sagte sie etwas pampig, »aber ich wollte nun mal nicht, dass du Ärger bekommst. Man sieht dir doch sofort an, wenn du lügst.«

Tobi schaute sie skeptisch an. »Du dagegen kannst echt gut lügen«, sagte er zweideutig.

Aber Kati ging gar nicht darauf ein. »Ich wollte dich nur beschützen«, behauptete sie frech und ließ Tobi einfach stehen. Der schüttelte verwirrt den Kopf und murmelte: »Aha, und darum musstest du fremdküssen?«

Wie es schien, setzten Nickel und Rumpelstilzchen ihre Diskussion vom Vormittag noch bis in die Nacht fort. Jedenfalls hockten sie mit einer Flasche Enzian am Tisch und überprüften die Naturgesetzlichkeit von Aktion und Reaktion im Selbstversuch. Sie kümmerten sich weder um uns noch ums Essen. Wir waren darüber nicht traurig, versorgten uns selber und genossen die unerwartete Freizeit.

Am Abend saßen wir noch mit Antony und seiner A-Capella-Gruppe vor der Hütte und ließen uns eine kleine Einführung ins Beatboxen geben, und weil Antony danach so eifrig versuchte, einen coolen Text zu dichten, half ich ihm dabei ein wenig auf die Sprünge. Die Fähigkeit zum Dichten hatte mir ein guter Geist nun mal in die Wiege gelegt, warum sollte ich sie dann nicht zum Nutzen meiner Mitmenschen anwenden.

Wir vergaßen darüber ganz die Zeit. Einer nach dem anderen verzog sich in die Hütte, bis schließlich nur noch Antony und ich auf der Bank zurückblieben und an dem Songtext weiterfeilten:

»… Mach die Augen auf, aber mach dein Herz zu,
Denn was du dann siehst, lässt dir keine Ruh.
Es nimmt dir den Frieden
Und nimmt dir das Glück,
Lässt dich traurig zurück …«

Das war zu pessimistisch, fand ich, und ergänzte Antonys Text um eine positivere Variante:

»Mach die Augen auf, dann kannst du mich sehn,
So wie wir beide hier voreinander stehn
Ist zwischen uns kein Platz für deine Sorgen
Vor einem ungewissen Morgen.
Lass die Welt zurück
Ich schenk dir ein Stück
Von meinem Glück …«

Ich hielt inne. Wir starten uns beide verwirrt an. Ganz plötzlich hatten sich unsere Hände ineinandergeschlungen. Antonys Hand war warm und sein Mund … so dicht vor dem meinen, dass ich seinen Atem spürte. Ich zuckte zurück, und weil er es merkte, sagte er betont locker: »Komm, Mila, lass es gut sein für heute … wir machen morgen weiter … es ist spät.«

Er zog seine Hand wieder zurück und lächelte mich ein wenig verlegen an. »Ich könnte ewig mit dir hier sitzen, aber die anderen … es soll keine Gerüchte über uns geben.«

Ich starrte ihn verwirrt an. »Gerüchte? Was denn für Gerüchte?«

Er zuckte mit der Schulter und stand auf. Statt einer Antwort zitierte er eine Liedzeile von *Silbermond*:

»*Sieh, was du angerichtet hast ...*«

Ich verstand noch immer nicht. »Was, was habe ich denn angerichtet?«

Er lächelte. »Nichts, Mila, wirklich nichts Schlimmes ... oder vielleicht doch ...«

Als ich Hanna und Kati von diesem beknackten Gespräch erzählte, juchzte Kati sofort auf und behauptete steif und fest, dass Antony in mich verknallt wäre. Aber ich konnte das nicht glauben. Und selbst wenn, das hatte ja überhaupt keine Aussichten, denn schließlich war ich mit Markus zusammen. Es sei denn, Vanessa war es gelungen, ihn mir auszuspannen. Ich merkte, wie mein Herz zu rasen begann.

»Es ist zum Kotzen«, sagte ich wütend. »Wann können wir endlich diese bescheuerte Hütte verlassen? Ich muss ganz dringend mit Markus reden.« Und in meinem Kopf sagte ein kleines Teufelchen bösartig kichernd: »Vergiss nicht, er hat ein Fohlen mit Vanessa!«

Rumpelstilzchen und Nickel war die Diskussion über Musik und Mathematik nicht besonders gut bekommen. Sie standen am nächsten Morgen reichlich verkatert vor uns. Das war schon seltsam, denn normalerweise stand Nickel um diese Zeit wie ein Storch in der Wiese und meditierte.

Dazu war er heute aber wohl nicht in der Lage. Auf einem Bein wäre er vermutlich sofort umgekippt.

»Okay, Leute«, sagte Nickel also mit etwas schleppender Stimme beim Frühstück. »Ihr habt heute … ähm … ziemlich viel frei … äh … also Freizeit … Macht, was ihr wollt …«

Das klang nicht schlecht und wir wollten uns gerade schleichen, als Rumpelstilzchen donnerte: »Ihr nicht, Hanna, Mila und Katharina! Ihr nicht! Ihr habt ja zu tun. Torheit schützt vor Strafe nicht!«

Nickel hatte bei Rumpelstilzchens Ausbruch einen schmerzverzerrten Gesichtsausdruck bekommen und sich an den Kopf gefasst.

»Okay, dann macht in Gottes Namen eure Strafarbeit, aber leise bitte, was immer ihr tut, tut es bitte leise …«

Er stöhnte auf und hockte sich dann auf die Ofenbank.

Wie ein voller Mehlsack plumpste Rumpelstilzchen neben ihn. »Und wer soll heute kochen, Fritzgerald?«, fragte er.

»Bestell den Pizzaservice, ich gebe einen aus.«

Als wir auf dem Plumpsklo Klopapier und den Kalkeimer auffüllten, hörten wir in einiger Entfernung seltsame Geräusche.

Wir gingen den Tönen nach und sahen Antony mit seinen Beatboxern auf einem Felsen sitzen und mit dem Text, den wir gestern zusammen gedichtet hatten, improvisieren. Es klang sehr cool, und wie er da so den Ton angab, machte er wirklich eine gute

Figur. Wenn ich nicht Markus hätte, dachte ich ... aber ich hatte Markus. Hoffentlich noch!

Am Mittag tauchte tatsächlich der Josef mit seinem Allrad-Pick-up auf und brachte uns bergeweise Pizzas. Das war ja mal eine echt coole Maßnahme vom Nickel! Da ausnahmsweise auch die Sonne schien, holten wir die Tische vor die Hütte und ließen es uns schmecken.

Von Nickel und Rumpelstilzchen hörten wir erst am späteren Abend wieder etwas. Hanna, Kati und ich waren gerade dabei, den Hüttenboden zu schrubben, als wir aus Nickels Zimmer merkwürdige Töne vernahmen. Und weil es irgendwie krank klang, dachten wir, es ginge ihm nicht gut und lugten, da die Tür nur angelehnt war, vorsichtig durch den Türspalt.

Ich dachte, mich tritt ein Pferd, bei dem Anblick, der sich mir bot. Rumpelstilzchen stand auf einem Bein, Nickel kniete vor ihm auf dem Boden, hatte Rumpelstilzchens anderes Bein in den Händen und rührte damit in der Luft herum. Dabei befahl er: »Gaaanz locker, gaaanz locker und immer den Mund schön weit auf und ordentlich mit der Bruststimme von ganz unten bis hin zur Kopfstimme ganz oben ... komm ... sing mir nach ... do ... re ... mi ... fa ... so ... la ... ti ... do ... komm ... du kannst das ... locker bleiben ... locker ... und immer schön das Bein kreisen lassen ...«

Ich zog mich schnellstens zurück und stürzte aus der Hütte, denn sonst hätte ich einen Schreikrampf vor Lachen bekommen. So sah es also aus, wenn

Rumpelstilzchen etwas rausließ! Also zumindest, wenn es Töne waren! Horror!

Hanna und Kati ging es nicht anders. Wir rannten ein Stück in die Wiese und warfen uns dort ins Gras. Unser schallendes Gelächter kam als vielfach verstärktes Echo von den Berghängen zu uns zurück und blieb darum nicht unbemerkt.

»Was gackert ihr denn so?«, fragte Kiwi neugierig und auch Tobi wollte wissen, worüber wir uns dermaßen amüsierten.

Nein, wir sind wirklich nicht boshaft, aber diesen Anblick von Rumpelstilzchen und Nickel wollten wir keinem unserer Mitschüler vorenthalten, und so schickten wir alle, die fragten, in die Hütte. Natürlich kamen die ebenfalls prustend und kichernd wieder raus.

Als wir genügend abgelacht hatten, lagen wir ermattet im Gras und vom Haus herüber wehte ein schwaches Do … re … miiiiiiiiiiiiiiiiiiiiiiiiiiiiiii …

Hanna setzte sich auf und sah grinsend zum Himmel.

»Danke, lieber Gott«, sagte sie leise, »danke, dass ich das erleben durfte.«

Da von unseren Lehrern nicht mehr viel zu erwarten war und sich Nickel offenbar entschlossen hatte, Rumpelstilzchens Privatlehrer zu werden und ihm das Singen oder etwas Ähnliches beizubringen, organisierten wir selber unsere Abschiedsfete. Wir hatten beschlossen, einen Grillabend zu machen, und Josef hatte versprochen, uns bei den Einkäufen zu unterstützen und Grillkohle und Grillgut auf die

Hütte zu fahren. Wir machten alle zusammen eine Einkaufsliste und dann fuhren Antony und ich mit der Gondel in den Ort.

Als wir alles erledigt hatten, waren wir in richtig aufgekratzter Stimmung, denn endlich würde es seit Tagen mal wieder was Anständiges zwischen die Zähne geben. Die Pizza gestern war ja schon ein kleiner Anfang auf dem Weg zurück in die Zivilisation, aber natürlich nichts gegen ein zünftiges Grillfest mit richtigem FLEISCH!

Wir gaben Josef an der Gondelstation die Liste und gingen dann noch in ein Café, wo wir Kaiserschmarren mit Vanillesoße aßen und jeder eine riesige Tasse Kakao dazu trank. Boa, war das lecker!

Natürlich mussten wir beide an die nächtliche Pfannkuchenaktion denken und ganz plötzlich blieb mir bei Antonys Anblick die Luft weg. Der sah ja wirklich unverschämt gut aus. Dieser tolle hellblonde Haarschopf und sein durchtrainierter Body, dessen Muskeln sich unter dem T-Shirt spannten, waren echt beeindruckend. Wieso war mir das eigentlich bisher nicht aufgefallen? Verdammt, was kribbelte denn da in meinen Eingeweiden, das war ja völlig unpassend.

Ich senkte meinen Blick auf den Teller und den Rest vom Kaiserschmarren und fühlte, wie ich rot wurde. Bloß nicht, dachte ich in Panik. Das konnte doch nicht sein! Und wenn, dann passte es einfach nicht. Ich konnte doch nicht für zwei Typen gleichzeitig warme Gefühle empfinden. Markus und Antony … das ging doch wirklich nicht! Ich sprang hektisch auf.

»Äh, Antony, wir, wir sollten dann mal … wird sonst zu spät!« Und um Antony nicht völlig vor den Kopf zu stoßen, hauchte ich: »War ein cooler Nachmittag … ja … war es … aber jetzt müssen wir wohl los.«

Antony war auch aufgestanden, sah mich etwas verwundert an, zahlte aber anstandslos und ging mit mir zur Gondel.

Jetzt hielt er mich bestimmt für total durchgeknallt. Na ja, wenn es so war, ließ er es sich jedenfalls nicht anmerken.

Als wir uns in der Gondel gegenübersaßen, grinste er mich an und meinte total nett: »Du bist ein tolles Mädchen, Mila. Wer dich zur Freundin hat, der hat das große Los gezogen.« Na hoffentlich sah Markus das auch so.

Der Grillabend war genial und das Wetter spielte ausnahmsweise auch mal mit. Klar, jetzt wo wir nach Hause fuhren, wurde es schön. Kennt man ja. Das einzig Zuverlässige am Wetter ist, dass es nicht zuverlässig ist. Da ist es genau wie die menschlichen Gefühle.

Kati war die letzten Tage immer stiller geworden. Die Euphorie, die Robert bei ihr ausgelöst hatte, war einer depressiven Verstimmung gewichen und die Strafarbeit, die Rumpelstilzchen uns aufgebrummt hatte, hob ihre Laune auch nicht gerade. Sie fühlte sich natürlich dafür verantwortlich, dass wir so viel schuften mussten, und hatte ein total schlechtes Gewissen.

»Aber das musst du nicht haben, Kati«, beteuerten Hanna und ich immer wieder, wenn wir Müll entsorgten oder Berge von Abwasch erledigten. »Eine für alle, alle für eine! Wozu sind wir schließlich Freundinnen? Geteiltes Leid ist halbes Leid.«

Aber alles Leid konnten selbst allerbeste Freundinnen nicht teilen. Je näher unsere Heimfahrt rückte, umso mehr schien sich Kati Sorgen wegen ihrer Eltern zu machen. Ich beschloss, sie also noch vor der Grillfete darauf anzusprechen, um sie etwas aufzuheitern. Es war ja auch wirklich nicht mehr mitanzusehen, wie sie sich abkapselte und ihren Kummer in sich hineinfraß.

Ich zog sie also, als alle mit den Grillvorbereitungen beschäftigt waren, vor die Hütte und ging mit ihr ein wenig einen schmalen Wanderweg entlang. Links und rechts des Weges blühten wilde Orchideen und an einem Felsvorsprung standen prächtige Alpenrosen. Wir erreichten den Felsen, wo ich im Gewitter gehockt hatte, bis Antony zu meiner Rettung aufgelaufen war. Ein guter Platz für ein Gespräch, fand ich, ein Ort voller positiver Energie. Diesmal setzten wir uns nebeneinander auf den Felsen und sahen eine Weile schweigend zu, wie sich die Täler langsam mit Nebel füllten und einige niedrig hängende Wolken fast zum Greifen nah vorüberzogen.

»Ich würde lieber hierbleiben und noch drei Wochen Rumpelstilzchens Strafarbeit ertragen«, sagte Kati. »Es ist bestimmt tausendmal besser als das, was mich zu Hause erwartet.«

»Ach«, meinte ich aufbauend, »ich würde nicht so schwarzsehen. Bestimmt ist alles besser, als du glaubst.«

Sie schüttelte den Kopf. »Nee, sicher nicht. Du weißt doch, dass ich eigentlich ein Optimist bin, darum kommt es garantiert schlimmer.«

Sie schaute ins Tal und sah dabei irgendwie verloren aus.

»Wenn mein Vater nun wirklich ausgezogen ist! Ich weiß gar nicht, was ich ohne ihn machen soll. Er ist zwar als Ehemann ein Arsch, aber er war der beste Vater der Welt. Er hat auf alle Fragen für die Schule immer eine Antwort gewusst.«

Ja, dachte ich, nur auf die Fragen des Lebens scheinbar nicht. Zum Beispiel auf die Frage, wie ein Mann fair mit seiner Midlife-Krise umgeht. Es ätzte mich ja so was von an, dass er Kati und ihre Mutter wegen einer so jungen Frau sitzen lassen wollte! Aber das durfte ich Kati natürlich nicht zeigen, denn es half ihr ja kein Stück weiter.

»Weißt du«, sagte ich stattdessen. »So eine Auszeit ist für eine Beziehung nicht unbedingt das Schlechteste. Nehmen wir mal an, dein Vater ist wirklich ausgezogen …«

»Nein!«, unterbrach mich Kati heftig. »Das will ich erst gar nicht annehmen!!«

»Doch, das solltest du aber«, ließ ich mich nicht aus dem Konzept bringen. »Es ist nämlich sehr wahrscheinlich, nach dem, was du erzählt hast. Also, dein Vater ist ausgezogen, und wenn er kein Vollarsch ist, dann ist er erst mal in ein Hotel gezogen und nicht gleich zu dieser Tinka …«

»Ach ja?«

»Ja. Also, er ist kein Vollhonk und wohnt jetzt in einem Hotel. Was meinst du, wie er sich da fühlt?«

»Na, toll doch … oder?«

»Eben nicht! Er fühlt sich sicherlich total mies. Er ist völlig frustriert und sehnt sich nach dir und deiner Mutter … nach deinem Lachen und ihrem guten Essen … all den schönen Gewohnheiten … ihr werdet ihm ganz schrecklich fehlen … selbst wenn er es nicht sofort merkt … irgendwann wird er es merken und dann wird er gar nicht mehr verstehen, warum er alleine in diesem öden Hotel hockt …«

»Aber er hockt ja nicht alleine … er hat diese Tinka!!!«, jaulte Kati gequält auf.

Hm, das stimmte leider … aber egal!

»Die kann ihn nicht darüber hinwegtrösten, dass er die beiden Frauen, die er bisher am meisten in seinem Leben geliebt hat, verloren hat …«

Ich schaute ebenfalls ins Tal, wo der Nebel dichter und dichter wurde. Wie hielten es die Menschen darunter nur aus? Ich könnte nie in einem Tal leben, ich brauchte den freien Blick zum Horizont.

»Du, Kati, Sex kann niemals dauerhaft die Liebe ersetzen.«

Kati seufzte. »Aber die ist schon sexy, die Tinka.«

»Meine Güte, ich finde deine Mutter auch sexy, und vor allem enorm liebenswert …«

»Ich habe Angst, nach Hause zu fahren.«

»Ich auch«, sagte ich, und als Kati mich fragend ansah, sprach ich ebenfalls offen über meine Gefühle. »Ich mache mir Sorgen wegen Markus und Vanessa.«

»Musst du nicht«, meinte Kati und sprang vom Felsen. »Das ist anders als bei meinen Eltern. Markus liebt nur dich!«

In der Nacht wachten wir alle drei fast gleichzeitig auf.

»Oh Mann!«, stöhnte ich, »das war ja vielleicht ein Albtraum! Ich habe von Markus geträumt.«

»Da ging es dir nicht besser als mir«, flüsterte Hanna. »Ich hab von Branko geträumt, aber der war so was von aggro … Horror!«

Wovon Kati geträumt hatte, konnten wir uns natürlich denken. So setzten wir uns beide eine Weile zu ihr ans Bett, hielten jede eine von ihren Händen und streichelten sie, bis sie wieder eingeschlafen war.

»Es wäre so ein Scheiß, wenn sich ihre Eltern wirklich trennen würden«, sagte ich und Hanna nickte.

Am nächsten Morgen versammelten wir uns nach dem Frühstück vor der Hütte und übergaben unser Gepäck an Josef, der es ins Tal fuhr, wo der Reisebus auf uns wartete. Dann formierten wir uns und schmetterten ein Abschiedslied.

Als wir zur Gondelstation pilgerten, waren wir uns einig, dass dies die merkwürdigste Chorfreizeit war, die wir je gehabt hatten.

»Nichts gegen Nickel«, sagte Hanna, »aber ich hätte schon gerne Old McDonald hier gehabt. Ehrlich gesagt hat Nickel mehr Zeit mit Rumpelstilzchen verbracht als mit uns.«

Da hatte sie zweifellos recht, auch wenn ich es nicht ganz verstehen konnte.

»Ich glaube, Nickel will Rumpelstilzchen einfach nur beweisen, dass die Welt mehr ist als nur Zahl.«

»Aber muss er ihn darum gleich zum Opernsänger machen?«

»Dann kann er ja 'ne Solonummer auf dem Schulfest hinlegen!«, meinte Kati scherzhaft.

Keine von uns ahnte in dem Moment, wie nah sie damit der Sache kam. In einem alkoholumnebelten Moment der Verbrüderung hatten die beiden nämlich eine Wette abgeschlossen. Nickel hatte wieder behauptet, dass in jedem Mathegenie auch ein Musikgenie steckt, und um das zu beweisen, wollte er Rumpelstilzchen musikalisch so fit machen, dass er auf unserem Schulfest mit einer Sologesangsnummer auftreten konnte. Das wussten wir aber damals noch nicht, und wenn, hätten wir es uns auch nicht vorstellen können. Jemand wie Rumpelstilzchen sang doch garantiert den ganzen Saal leer und das war irgendwie nicht der Sinn eines Schulfestes.

Gewitterstimmung

Mann, war ich froh, als der Bus endlich auf unseren Schulhof fuhr. Die Alpen sind ja echt 'ne Ecke weg von uns. Ich konnte kaum noch sitzen am Ende der langen Fahrt und die dämlichen Sprüche von Kiwi waren auch nicht mehr zu ertragen. Irgendwann reichte es mir und ich drückte ihm den Rest meines Sandwiches in die Hand und knurrte: »Stopf dir damit das Maul, Kiwi, und halt endlich die Klappe oder wir vergessen dich an der nächsten Raststätte!«

Er sah erst mich und dann das Sandwich an. Da ihm der Belag – Hühnchen und Salat – offenbar zusagte, behielt er es tatsächlich und sagte nur, bevor er herzhaft hineinbiss: »Warum so aggro, Mila, geht auch freundlicher. Danke jedenfalls.«

Danach konnte ich sage und schreibe sieben Minuten chillen, denn dann trat Nickel ans Bordmikro und meinte: »Wo wir nun hier alle so schön beisammen sind, sollten wir noch einmal unser Liedprogramm durchsingen. Es wird sicherlich auch unseren Fahrer erfreuen.«

Nickel hatte sie wohl nicht alle beisammen, damit konnte er den Typ nur einschläfern und wir würden auf der Mittelleitplanke landen.

»Ich kann nicht mehr«, stöhnte ich an Katis Schulter, aber Nickel kannte keine Gnade.

»Das war die letzte Chorfreizeit, bei der ich mitgefahren bin«, maulte ich. »Ich bin eh nicht so rasend musikalisch. Warum soll ich mir so was noch mal antun?!«

Kati nickte. »Ich hätte auch zu Hause bleiben sollen, dann hätte ich Felix helfen können ... ich habe voll das schlechte Gewissen, weil ich so egoistisch war.«

Ich schüttelte den Kopf. »Du warst nicht egoistisch. Das war vollkommen in Ordnung ... und ... jetzt warte erst mal ab.«

Sie sah mich unglücklich an. »Fällt mir aber nicht leicht.«

»Wann kriegen wir denn unsere Handys wieder, Herr Reitmeyer?«, fragte Hanna auf halber Strecke.

Oh Gott ja, die Handys. Hoffentlich hatte Rumpelstilzchen die nicht in der Hütte vergessen. Hatte er nicht, aber deswegen bekamen wir sie noch lange nicht wieder.

»Wenn wir angekommen sind«, sagte er und feixte dabei garantiert innerlich. »Es besteht keine Notwendigkeit, wahllos herumzusimsen und zu telefonieren. Eure Eltern werden es schon merken, wenn wir da sind.«

»Aber wenn wir Verspätung haben ... bei so einer langen Strecke ... wir könnten unsere Eltern informieren ...«

Mit Rumpelstilzchen war nicht zu verhandeln. »Mache alles ich, wenn es nötig sein sollte. Ist es aber nicht! Also gebt Ruhe. Die Dinger sind in der

Kiste und bleiben in der Kiste, bis ich sie herausgebe. Basta!«

Dann waren wir tatsächlich wieder zu Hause, und nachdem Hanna, Kati und ich noch den Müll im Bus aufsammeln durften, konnten wir endlich auch aussteigen. Da waren die meisten Mitschüler mit ihren Eltern bereits verschwunden. Antony winkte mir noch kurz zu, dann stieg auch er in das Auto seiner Mutter.

An der alten Kastanie stand ein nur schemenhaft zu erkennender Junge, der die Arme hinter dem Rücken versteckt hatte. Da Hanna sofort auf ihn zurannte, musste es wohl Branko sein. Was holte der denn für einen tollen Blumenstrauß hervor? Hanna war total weg und fiel ihm glücklich um den Hals.

Rumpelstilzchen drückte mir die Handykiste in die Hand. »Da, verteil das«, sagte er und ging zu seinem abwrackprämienfähigen Auto rüber. Dabei rief er nach Nickel: »Fritzgerald, kommst du?!«

Kati und ich guckten in die Kiste. Da lag einsam und alleine nur noch mein Handy drin. Ich nahm es auf wie einen kostbaren Schatz und drückte einen Kuss auf das Display. Hoffentlich hatte es noch Saft. Ich wollte es grade anmachen, als ein Wagen mit Katis Vater am Steuer auf den Schulhof rollte. Das war ja dreist! Wieso holte Katis Mutter sie nicht ab?

Kati guckte mich ziemlich entsetzt an. »Warum kommt Felix nicht? Bestimmt ist was Schlimmes passiert!« Sie stürzte auf ihren Vater zu und kreischte ziemlich hysterisch: »Wo ist Felix? Was hast du mit ihr gemacht?!!!!«

Ihr Vater hielt sie an den Händen fest, aber sie versuchte wild, sich zu befreien.

»Nun hör doch mal, Kati, hör mich doch mal an, ehe du hier so einen Aufstand machst. Es ist alles in Ordnung mit Felix.«

»Das sagst du«, schnaubte Kati. »Warum ist die dann nicht hier?«

»Weil sie zu einem Yoga-Kurs gefahren ist. Morgen kommt sie wieder. Sie wollte es dir sagen, aber du warst ja in den Bergen nicht zu erreichen.« Er wirkte etwas sauer darüber. »Was war denn mit deinem Handy los?«

Kati zuckte die Schultern. »Kein Empfang. Das kommt da vor.« Sie schaute ihren Vater missmutig an. »Und jetzt? Wo soll ich hin?«

»Ich bringe dich nach Hause. Was sonst.«

Kati wirkte unschlüssig. »Und du? Wohnst du noch bei uns?«

»Falls du nichts dagegen hast.«

Die beiden starrten sich nun ziemlich herausfordernd an. Meine Güte, ging das nicht auch etwas weniger heftig?

Ich wollte mich gerade einmischen, um die Wogen etwas zu glätten, als Kati sagte: »Dann habt ihr euch noch nicht getrennt?«

»Nein, wir sind noch in einer ... äh ... Diskussionsphase ... Wenn du verstehst, was ich meine.«

»Und Tinka?«

Ihr Vater wurde sichtlich verlegen und murmelte: »Äh, ja, darüber diskutieren wir ... äh ... ja gerade ... also ... deine Mutter hat sich da eine Bedenkzeit ausgebeten und äh ... ja ... ich auch ...«

Kati nahm mich in den Arm und flüsterte mir ins Ohr: »Der ist so ein Honk!« Laut sagte sie, als sie ins Auto stieg: »Dann mach es gut, Mila, und grüß Markus!«

Oje, ob man die beiden alleine zusammen in der Wohnung lassen konnte?

Als sie fort waren, nahm ich mein Handy, schaltete es ein und öffnete den Posteingang. Ach herrje! Die ganze Mailbox war voll! Alles Anrufe von Markus! Und gleich fünf SMS waren von ihm eingegangen. Wie lieb! Bestimmt hätte er mich auch abgeholt, wenn er gekonnt hätte. Ich rief eine Nachricht nach der anderen auf.

Tatsächlich konnte er nicht kommen, weil immer noch Reitkurse auf dem Hof stattfanden und er seinen kranken Vater vertreten musste. Er entschuldigte sich dafür, was ja gar nicht nötig gewesen wäre, aber total süß war. Ich rief die letzte SMS auf: *Vermiss dich!*, stand da. Dem war von meiner Seite nichts hinzuzufügen. Ich vermisste ihn auch – und zwar total.

Ich vermisste ihn so sehr, dass ich mich am nächsten Tag gleich nach dem Frühstück mit meiner Mutter auf mein Fahrrad schwang und zu Markus auf den Reiterhof hinausfuhr. Wenn er nicht zu mir kommen konnte, dann musste ich eben zu ihm gehen. Oder besser fahren. Meiner Mutter war das recht, denn sie war ziemlich erschöpft, weil sie am Abend zuvor bei einer großen Party ein Schaufrisieren gemacht hatte. Deshalb hatte sie mich auch nicht abgeholt und ich konnte mit dem schweren

Koffer alleine den Heimweg antreten. Wäre ja mal nett gewesen, wenn sie es mir mitgeteilt hätte, als noch ein paar Mitschüler auf dem Schulhof waren, bei denen ich hätte mitfahren können. Aber so weit dachte sie natürlich nicht! Chaos-Mutter!

»Viel Spaß bei Markus, Mila-Maus!«, wünschte sie mir, nachdem sie einen tiefschwarzen Kaffee geschlürft hatte, und verkroch sich dann wieder ins Bett.

Für meinen Ausflug hatte ich allerdings nicht den schönsten Tag erwischt. Es war etwas bewölkt und es wehte ein frischer Wind. Aber das machte mir nach dem Sauwetter in den Bergen nichts aus.

Gleich würde ich Markus wiedersehen. Wenn ich erst in seinen Armen lag, würde mir ganz schnell ganz doll warm werden. Ich lächelte hoffnungsfroh und sauste beschwingt erst an unserem Hügel vorbei, auf dem wir uns zum ersten Mal so richtig geküsst hatten, und dann die Allee entlang, die zum Gutshaus führte.

Was war ich froh, dass ich mich so spontan zu dieser Fahrt entschlossen hatte. Nicht eine Stunde länger hätte ich es ohne ihn ausgehalten. Schon als ich Branko und Hanna zusammen sah, hatte es mir vor Sehnsucht fast das Herz zerrissen. Mit einem Schlag würden wir alle Missverständnisse aus der Welt räumen und dann war wieder Sonne angesagt. Egal, was das Wetter aktuell dazu meinte. Ich fühlte, wie die kleinen Kolibris in meinen Eingeweiden wieder munter wurden, und auf meiner Zunge glaubte ich schon den vertrauten Geschmack seiner wundervollen Küsse zu spüren. Nur wenige Meter noch und ich würde Markus in die Arme fallen.

Ich hatte den Hof erreicht und überlegte, ob ich zum Pensionsgebäude hinüberfahren sollte, um dort nach Markus zu fragen. Aber ehe ich mich entschieden hatte, hörte ich aus einer der offenen Stalltüren lachende Stimmen. Also sah ich da erst mal nach. Ich stellte mein Rad an die Stallmauer und schaute durch eins der kleinen, bleiverglasten Gitterfenster in den Stall. Es war etwas verstaubt, aber nicht so dreckig, dass ich nicht genau sehen konnte, was da drinnen abging.

Ich sah ein paar Kiddies, die im Stroh tobten, und dann erkannte ich Markus und Vanessa. Jemand gab Markus einen Schubs und er landete auf dem Rücken im Stroh. Und ehe ich noch begriff, wie es geschah, lag Vanessa plötzlich auf ihm drauf. Mir stockte der Atem, als er seine Arme um sie schlang und unter dem Gejohle der Kids mit ihr gemeinsam durch das Stroh kugelte.

Ich hatte genug gesehen. Dass zwischen den beiden was lief, war ja nun mehr als transparent! Das hatte Vanessa mal wieder fein hingekriegt. Auf ihre kleine Schwester aufpassen! Dass ich nicht lachte! Markus machte sie Stielaugen, aus keinem anderen Grund war sie hier. Ihn wollte sie sich angeln! Und offenbar hatte sie es geschafft!

Unnötig, noch mit Markus reden zu wollen. Auch wenn ich es eigentlich nicht glauben konnte und mein Herz bei dem Gedanken ganz schrecklich wehtat, aber nach diesem Anblick war die Sache mit Markus für mich vorbei. Aus. Schluss! Ich griff halb blind durch meine Tränen nach meinem Fahrrad und fuhr torkelnd davon.

Leb wohl, Markus, leb wohl. Es hätte so schön sein können mit uns, aber du hast alles zerstört. Du hast alles kaputt machen lassen von Vanessa.

Mit mir hättest du ein Fohlen haben sollen und mit mir hättest du dich durchs Stroh kugeln sollen, nicht mit dieser Schleimspur! Ich hasse euch beide!

Zu Hause angekommen rief ich Hanna an, um mich bei ihr auszuheulen, aber sie nahm nicht ab. Also wählte ich Katis Nummer.

»Ich habe mich von Markus getrennt!«, schniefte ich ins Telefon.«

Kati war offensichtlich perplex. »WAS?! Aber das kannst du doch nicht machen. Ihr wart ein so tolles Paar.«

»Er hat sich mit Vanessa im Stroh gewälzt, eng umschlungen!«, jaulte ich ihr ins Gehör.

»Nein!«

»Doch!«

»So ein Idiot!«

Ich jammerte ihr noch ein wenig die Ohren voll und schilderte ihr, was ich gesehen hatte.

»Tja«, meinte sie danach, »das sieht ja wirklich so aus, als hätte Vanessa ganze Arbeit geleistet. So eine intrigante Kuh! Da hast du mit deinen Befürchtungen ja tatsächlich recht gehabt. Es ist doch überall dasselbe, kommt eine sexy Blondine daher, spielen bei den Typen die Hormone verrückt. Sieht man ja bei meinem Vater …«

Ich schluckte und fragte dann aus reiner Höflichkeit: »Und, was ist jetzt mit deinen Eltern?«

»Nichts ist. Meine Mutter war während der ganzen Chorfreizeit auf einem Yoga-Seminar. Jetzt ruht sie total in sich selbst und wartet darauf, dass mein Vater sich zwischen ihr und Tinka entscheidet.«

»Scheißsituation!«

»Vor allem, weil mein Vater sich total peinlich benimmt. Hast du mitgekriegt, wie er rumrennt? Löcherjeans, Logo-Shirt, Sneakers! Als wäre er siebzehn!«

Ich konnte mir trotz meines Liebeskummers ein innerliches Kichern nicht verkneifen.

»Ich sag's ja, die Midlife-Krise treibt sonderbare Blüten bei Männern in seinem Alter.«

Kati fand es wohl gar nicht lustig, jedenfalls fragte sie deprimiert: »Meinst du, er entscheidet sich für uns?«

»Würde deine Mutter ihn denn zurücknehmen?«

Das konnte man ja nicht wissen. Wenn mich jemand so hintergangen hätte, würde ich ihn ohne Zögern rausschmeißen. Genauso wie ich mit Markus Schluss gemacht hatte. Die Wut kochte wieder in mir hoch. Mich ausgerechnet mit Vanessa zu betrügen. Wie naiv war er eigentlich? Hatte er gedacht, ich würde es nicht rauskriegen, dass er fremdflirtete? Ich schüttelte den Kopf. Nee, der war wirklich genauso dämlich wie Katis Vater.

Nun schniefte Kati: »Sie liebt ihn immer noch, aber wenn er nicht wieder normal wird, sieht sie keine Basis … sagt sie …«

Hm, zerschlissene Designerjeans und Sneakers … ich war skeptisch … das konnte dauern, bis der wieder in den labbrigen Rollkragenpullovern und Cordsakkos der alternativen Endvierziger herumlief. Meine Mutter verfiel auch hin und wieder in einen solchen Jugendlichkeitswahn, weil sie sich in regelmäßigen Zeitabständen immer mal wieder zu alt und zu hässlich fand. Dann ließ sie sich von einer ihrer Mitarbeiterinnen die Haare färben und neu stylen, kaufte sich abartige Klamotten und hörte Housemucke auf einem pinken iPod. Megapeinlich, direkt zum Fremdschämen. Andererseits hatte es eine durchaus therapeutische Funktion und oft gelang es ihr damit, sich einen neuen Lover anzulachen. Das brachte mich auf eine Idee.

»Deine Mutter sollte mal mit meiner Mutter einen Tee trinken. Die kann ihr bestimmt ein paar gute Tipps geben, wie man sich als Frau in einem solchen Fall am besten verhält. Bei ihrer Erfahrung mit Männern.«

Katis Stimme klang zweifelnd. »Meinst du echt?«
»Ja, meine ich.«

Obwohl, meine Liebesprobleme besprach ich mit ihr ja auch nicht … aber das war etwas anderes. Sie war schließlich nicht Felix' Mutter!

Eine ganz so gute Idee war es dann wohl doch nicht gewesen, denn meine Mutter stülpte Katis Mutter einfach ihr Erfolgskonzept über, färbte ihr die Haare frisch und stylte sie komplett neu durch. Das Ergebnis war vielleicht ein wenig krass und Felix sah nicht wirklich glücklich aus, als sie nach Feierabend den Frisiersalon meiner Mutter verließ. Ich fegte die Haare zusammen und schaute Mam fragend an.

»Findest du sie so echt besser?«
»Na, wenn du das nicht merkst. Unglaublich, wie aufregend und sexy diese Frau jetzt wirkt.«

Na ja, wenn sie meinte.

»Ist sie nicht ein wenig zu aufgebrezelt?«

Meine Mutter sah mich an, als wäre ich die Resi von der Alm. »Männer in den Vierzigern mit Midlife-Krise brauchen stärkere Signale«, sagte sie.

Aha, Jungs um die siebzehn offenbar auch, denn starke Signale sendeten Vanessas dicke runde Dinger garantiert!

Merde!

Als ich mich am nächsten Vormittag mit Kati in der Stadt traf, um mit ihr ein bisschen zu shoppen, erzählte sie jedoch ganz begeistert, dass ihr Vater total von den Socken gewesen sei.

»Deine Mutter ist so genial, Mila!«, lobte sie. »Felix lief beim Frühstück in ihrem seidenen Bademantel auf und sah mit der neuen Frisur einfach bombig aus. Meinem Vater fiel erst der Unterkiefer runter und dann das Brötchen auf die Marmeladenseite. ›Hast du was mit deinen Haaren gemacht?‹, hat er gefragt und sie hat neckisch zurückgefragt: ›Gefällt es dir?‹«

Kati sah mich an und die Zweifel standen ihr ins Gesicht geschrieben. »Ich hätte mich wegschämen können, wo bleibt denn da die Emanzipation, wenn sie nun auch noch anfängt, ihm in den Hintern zu kriechen?!«

Ich musste über ihren Zorn grinsen. »Kati, erst mal geht es nicht um Emanzipation, sondern darum, dass deine Mutter bereit ist, den Kampf gegen Tinka aufzunehmen. So viele glückliche Jahre schmeißt man nicht einfach weg und da ist jede weibliche List erlaubt. Nicht der Weg ist wichtig, sondern das Ziel. Hauptsache, dein Vater gibt seinen Trieben die richtige Richtung und kommt zu euch zurück.«

Kati schlürfte ihre Latte und sah mich über das Glas hinweg an. »Klingt überzeugend. Und du? Schmeißt du die schöne Zeit mit Markus jetzt weg? Oder gibst du ihm auch noch eine Chance?«

Sie setzte das Glas ab und sagte mit einem schiefen Grinsen: »Ich wette, du bist zu emanzipiert dazu.«

Ich schwieg, fand aber, dass sie recht hatte. Ich war echt nicht der Typ, der einem Jungen hinterherlief und sich für ihn verbog. Nee, wer mich zur Freundin haben wollte, der musste akzeptieren, dass ich ein paar Prinzipien hatte, und zwei davon waren Ehrlichkeit und Treue in der Beziehung.

Aha, sagte eine etwas boshaft klingende Stimme in meinem Inneren: »So wie bei Antony und so …!«

Antony, den hatte ich über meinem Kummer mit Markus ja völlig vergessen. Er mich aber nicht. Als ich am Mittag nach Hause kam und am Computer meine E-Mails checkte, war unter den ganzen Spams eine Mail von Antony. Ich stockte und mein Herz stolperte völlig aus dem Rhythmus. Schnell öffnete ich die Mail.

Habe eine Konzertkarte übrig. Hast Du Lust mitzukommen?

Ein kleines Dankeschön, weil Du mir auf der Alm so toll bei dem Songtext geholfen hast.

Hm, das war ja nett, aber nach dem Stress mit Markus war mir gar nicht nach Konzert, schon gar nicht mit einem anderen Jungen. Andererseits, wenn Markus sich mit Vanessa im Stroh balgte und so offensichtlich seinen Spaß hatte, musste ich ja nun nicht im stillen Kämmerlein Trübsal blasen. Das war ausgesprochen unemanzipiert. Da ich ja beschlossen hatte, mich von Markus zu trennen, war ich schließlich frei und konnte tun und lassen, was ich wollte.

Ich klickte auf *Antworten* und schrieb:

Okay! Wann und wo?

Antony schrieb sofort zurück und die Sache war gebongt.

Als ich die Anwendung schließen wollte, flatterte noch eine Mail von Markus herein, die er mit Pegasus unterschrieben hatte:

Ich denke an Dich. Hast du am Wochenende Zeit? Die Feriengäste sind abgereist und es wäre toll, wenn Du die letzten beiden Ferientage bei uns auf dem Hof verbringen würdest. Mein Vater hätte nichts dagegen und Deine Mutter? Ich würde mich total freuen.

Pegasus.

Nee, Schicksal, das meinst du jetzt aber nicht wirklich ernst? Das ging doch nicht, dass mich zwei Jungen gleichzeitig einluden. Aber wieso eigentlich Markus? Warum turtelte er nicht auch noch die letzten Ferientage mit Vanessa herum? Jetzt musste er auch nicht mehr kommen. Zur Liebe gehörte Treue, da war ich echt altmodisch. Ein Typ, der kaum dass man aus der Tür war, fremdflirtete, der kam für mich einfach nicht infrage. Markus war und blieb ein Macho. Kaum war Vanessa weg, versuchte er es wieder bei mir. Nee, so nicht! Außerdem hatte ich Antony bereits zugesagt, das wäre ja nun megapeinlich, einen Rückzieher zu machen.

Also schrieb ich:

Hallo Markus, hab schon eine Verabredung. Frag doch Vanessa.
Mila

Das war böse, ich weiß, aber ich war auch knallwütend auf ihn. Ich schloss die Anwendung, sprang auf und riss das Poster von Markus, das über meinem Schreibtisch hing, von der Wand. Mit einer großartigen, filmreifen Geste wollte ich es zerreißen, stockte aber dann aus einem unerfindlichen Grund und rollte es nur zusammen. Ganz oben auf meinen Schrank legte ich es. Da sollte es von mir aus verschimmeln.

Das Konzert war toll, ganz meine Musikrichtung, aber ich konnte nicht verhindern, dass mir mittendrin plötzlich die Tränen kamen, weil ich an Markus denken musste. Wie konnte er mir das nur antun, wo ich ihn doch so geliebt hatte! Gott sei Dank hatte Antony nichts von meiner plötzlichen depressiven Verstimmung mitgekriegt, und als wir nach dem Konzert noch in eine kleine chillige Lounge-Bar gingen, um einen Gute-Nacht-Schluck zu trinken, war ich auch wieder okay.

Antony erzählte mir, dass er einen neuen Song angefangen hätte, aber irgendwie nicht richtig weiterkäme.

»Es fehlt noch der Kick«, meinte er und sah mich

erwartungsvoll an. »Würdest du dir den Text mal anhören? Vielleicht hast du eine Inspiration …«

Hm, konnte ich ja mal machen. Ich nickte also und er meinte, bevor er loslegte: »Aber nicht lachen.«

Ich doch nicht! Nun ja, zum Lachen war es dann echt nicht … eher zum … Panikkriegen!

»Vor lauter Angst sich lächerlich zu machen,
Steht er lieber schweigend da,
Am besten nimmt ihn keiner wahr …
Nur keinen Anlass geben, über ihn zu lachen …«

Was wollte der Typ mir denn damit sagen? Dass er zu schüchtern war, mich anzugraben? Ach je, dachte ich und fragte: »Der Song geht jetzt aber nicht über dich, oder?«

So schüchtern war er mir in der Chorfreizeit nämlich gar nicht vorgekommen. Allerdings, hatte er nicht irgendwas von Gerüchten gesagt, die er vermeiden wollte? Das hieß, er machte sich schon einen Kopf, was die anderen von ihm dachten …

Aber er blockte gleich ab und meinte: »Nee, ich hab da so einen Kumpel … der traut sich nicht an ein Mädchen ran …«

Aha, dachte ich, ein Kumpel! Diese Ausreden kannte frau ja. Aber egal, ich fand den Text jedenfalls reichlich depri und so ergänzte ich mal kurz ein paar dynamischere Verszeilen:

»Zu Hause packt ihn dann die Wut,
Nur Fische bleiben ewig stumm …«

Er sah mir sehr tief in die Augen, kriegte aber nicht wirklich die Kurve, sondern sülzte stattdessen:

»… wieso fehlt ihm so der Mut?

Wieso stellt er sich so dumm?«

Unsere Gesichter waren verdammt nahe beieinander ... kussnah sozusagen. Antony stockte und ich rutschte ein wenig in den Sitz zurück. Der gefährliche Augenblick war vorbei. So viel zum Thema *Es geht um einen Kumpel!* Mir machte der doch nichts vor.

Antony räusperte sich und meinte dann: »Also, wenn dir da noch ein Schluss dazu einfällt ... wäre echt super.«

»Ja, klar«, sagte ich, »kann mir da schon was Cooles vorstellen.«

Er grinste nun ganz süß. »Ich mir auch.«

Ich sprang auf und stürzte mit den Worten »Ich muss mal ganz schnell aufs Örtchen« davon. Gott, war die Situation aber mal brenzlig!

Allerdings war mein kleines Feuerchen nichts gegen das Buschfeuer, das bei Kati ausgebrochen war. Die lief mir nämlich im Gang zu den Toiletten ganz unverhofft über den Weg und war ziemlich beschwipst. Ich glaubte es ja nicht!

»Du bist ja betrunken, Kati!«, rutschte es mir empört beim Anblick ihres total verklärten Blicks heraus. Sie kicherte albern.

»Nur ein ganz klitzekleines bisschen. Rate, wer hier ist?!«

Keinen Schimmer. Sie klärte mich auch sogleich auf.

»Robert! Er hat doch diesen Job in Düsseldorf gekriegt und da hat er gleich die Gelegenheit ergriffen, mich zu besuchen ... ist das nicht megasüß von ihm?«

Ich nicke. »Ja, megasüß. Und warum betrinkst du dich deswegen?«

Kati kicherte erneut und es klang etwas debil. »Robbie meint, nach zehn Uhr abends ist heiße Schokolade nicht mehr stylish. Wir trinken Margaritas.«

»Aha«, sagte ich etwas unfreundlich, weil sie sich so affig aufführte. »Cola ist wohl unter dem Niveau von Topmodels! Was sagt denn übrigens Tobi zu Robert?«

Das war jetzt etwas gemein und so fasste Kati es auch auf. Entsprechend giftig meinte sie: »Nur kein Neid, Mila, du bist ja auch mit Antony unterwegs.«

»Ja«, sagte ich sauer. »Aber das ist ein Unterschied, ich habe schließlich mit Markus Schluss gemacht und das hast du doch hoffentlich mit Tobi nicht vor. Ehrlich, Kati, das hat er nicht verdient, dass du ihn wegen so einem hergelaufenen Schönling sitzen lässt.«

Kati sah mich einen Moment nachdenklich an, aber dann schwappte ihr wohl der Alkohol vollends ins Gehirn, denn sie sagte: »Also, wenn ich Tobis Punkte mit denen von Antony vergleiche …«

Ging es der noch gut? Liebe war doch keine Rechenaufgabe! Das musste ich mir nicht länger anhören. Ich verdrückte mich aufs Örtchen und sagte dabei frustriert: »Na dann viel Spaß bei deiner Statistik. Ich finde es blöd, Jungs nach einem so dusseligen Test einzustufen.«

Als ich fast schon im Klo war, rief Kati mir noch nach: »Tu bloß nicht so, Mila. Antony hat garantiert auch mehr Punkte auf deiner Typ-Skala, sonst wärst du doch heute mit Markus zusammen gewesen, statt mit ihm ins Konzert zu gehen.«

Ich schloss mich in der Kabine ein und dachte frustriert, dass sie nicht ganz unrecht hatte. Markus hatte auf meiner Liebesskala ganz schön an Rangplätzen eingebüßt, während Antony sich kontinuierlich nach oben arbeitete.

Aber ich wollte mich nicht neu verlieben. Jetzt jedenfalls noch nicht und darum musste Antonys Song anders enden. Kein Schluss mit Kuss!

Die Einzige, bei der das Liebesleben zurzeit noch in Ordnung zu sein schien, war Hanna. Nachdem Branko sie zur Begrüßung nach der Chorfreizeit mit dem tollen Blumenstrauß überrascht hatte, trugen die beiden ihre Liebe vor sich her wie eine leuchtende Fackel. Jeder war in ihrer Gegenwart geblendet von dem Glück, das sie abstrahlten.

Wir gönnten es Hanna von Herzen, nur dass sie kaum noch Zeit für ihre beiden besten Freundinnen hatte, wurmte uns etwas. Ständig hing sie mit Branko ab und übte Songs ein. Nun hatte er tatsächlich ein richtiges Tonstudio gemietet, um mit ihr eine professionelle Demo-CD aufzunehmen.

»Wenn ihr ganz leise seid«, hatte Hanna gesagt, »könnt ihr mal vorbeikommen und Mäuschen spielen. Vielleicht kann Mila ein paar Fotos machen, die kann ich dann später auf meine Fanpage stellen.«

»Fanpage?« Ich schaute Kati an und tippte mir gegen die Stirn. Den Floh hatte ihr doch sicherlich Branko ins Hirn gesetzt. Wir sparten uns jeden Kommentar und nahmen ihre Einladung an.

Am Nachmittag liefen wir also im Studio auf, hockten uns in eine Ecke hinter dem großen Mischpult und sahen zu, wie der Tonmeister virtuos mit den vielen Hebeln, Schaltern und Knöpfen spielte. Er wirkte dabei wie ein Konzertpianist an seinem Flügel.

Branko saß neben ihm und gab Hanna zwischendurch über die Sprechanlage Anweisungen. Gerade drückte er mal wieder den Sprechknopf und sagte: »Hanna-Lovely, das war schon sehr schön. Aber weißt du noch, was wir besprochen haben? Mehr Starappeal – mehr Sex in der Stimme – mach mal mehr wie Britney in ihrem letzten Clip. Hab ich doch schon tausendmal gesagt.«

Hanna widersprach über Lautsprecher. »Ist aber gar nicht meine Stimmlage ... und ich bin schließlich auch ein ganz anderer Typ ... können wir nicht lieber ...?«

Branko reagierte etwas angenervt. »Nein, können wir nicht. Bin ich dein Manager oder nicht? Ich weiß schon, was für dich richtig ist. Los, mach schon, Zeit ist Geld. Probier es einfach noch mal.«

Hanna seufzte resignierend und begann noch mal von vorne. Klang ehrlich gesagt immer noch nicht wie Britney, sondern wie Hanna, aber superschön. Keine Ahnung, warum Branko eine Krise kriegte und schnaufte: »Das wird doch eh nix, mein Gott noch mal!«

Aber als er den Sprechknopf drückte, riss er sich zusammen und sagte scheißfreundlich: »Hanna-Lovely. Wie wäre es mit Christina Aguilera? Ist das eher deine Stimmlage?«

Hanna rebellierte erneut. »Aber warum denn? War es nicht gut? Ich dachte, es wäre gut gewesen.«

Der Tonmeister nickte zustimmend. »Doch, fand ich auch. Ein echt guter Durchlauf.«

»Ich finde, dass Hanna ganz toll gesungen hat«, mischte sich nun auch noch Kati ein, was ihr prompt einen bösen Blick von Branko eintrug.

»Du bist ja auch so was von musikalisch, stimmt's?«

Der Song startete wieder und Katis Augen verengten sich zu zwei schmalen Schlitzen, um den Mund kriegte sie einen verkniffenen Zug, und als Branko wieder nur rummotzte, legte sie ganz unauffällig ihren Arm auf den Knopf der Sprechanlage, sodass Hanna alles, was im Studio gesprochen wurde, mithören konnte. War Kati verrückt? Leider saß ich genau auf der anderen Seite und konnte sie darum nicht stoppen.

Branko nölte weiter vor sich hin und Hanna kriegte beim Singen in der Aufnahmekabine alles mit und nach und nach einen roten Kopf.

»Ist die so dusselig oder will sie einfach nicht begreifen«, knurrte Branko. »Ein Esel kapiert es leichter als sie. So was von begriffsstutzig. Karriere kann man nur machen, wenn man bietet, was der Markt will. Und der Markt will nun mal sexy Sängerinnen. Geht das dieser Gans denn nicht ins Hirn?!«

Ich schluckte und sah, wie Hanna ebenfalls schlucken musste. Ihr letzter Ton schmierte ab und sie starrte Branko völlig fassungslos durch die Studioscheibe an. Dann drehte sie sich abrupt herum und rannte aus der Aufnahmekabine.

Branko kapierte erst gar nichts, dann sah er, wie

Kati ihren Arm vom Knopf der Sprechanlage zurückzog.

»Du bist eine so dusselige Kuh!«, schnauzte er Kati an. »Du bist genauso dämlich wie Hanna! Du verstehst gar nichts, Kati! Gar nichts!«

Dann rannte er aus dem Studio hinter Hanna her und wir machten uns ebenfalls aus dem Staub.

Mit den Freundschaftsdiensten ist das so eine Sache, sie werden selten gewürdigt. Kati wollte Hanna nur die Augen öffnen, wie mies Branko über sie dachte, aber den Überbringern schlechter Botschaften wurden ja schon in der Antike die Köpfe abgeschlagen. Das tat Hanna mit Kati zwar nicht, Kopf abschlagen oder so, aber sie war stocksauer.

Als wir sie am Abend vor dem Buchladen ihrer Mutter abpassten, wo sie mit dem Hund Gassi ging, war sie bei unserem Anblick sofort auf hundertachtzig.

»Kati, was du da heute im Studio gemacht hast, war total gemein von dir!«

Kati schaute sie verdutzt an. »Wie bitte? Wieso bist du auf mich sauer? Ich habe das nur für dich gemacht. Jawohl, dir zuliebe, damit du mal mitkriegst, wie Branko in Wahrheit von dir denkt.«

Hanna lachte unnatürlich schrill. »Mir zuliebe!? Dass ich nicht lache! Kümmert euch lieber um eure eigenen Jungs, da scheint es ja auch nicht grade toll zu laufen!«

Na und, das stand jetzt gar nicht zur Debatte. Jedenfalls würde weder Markus noch Tobi so über mich oder Kati reden. Ich konnte wirklich nicht verstehen, dass Hanna uns jetzt Vorwürfe machte, wo es doch Branko war, der sich unmöglich benommen hatte.

Kati reagierte auch entsprechend sauer: »Wie Branko dich behandelt, ist wirklich das Allerletzte. Wenn du das nicht selber merkst, kannst du mir echt leidtun.«

Aber Hanna wollte offenbar nicht über Brankos Verhalten nachdenken. Stattdessen wischte sie unsere Bedenken mit einer symbolischen Handbewegung einfach weg und entschuldigte seinen prolligen Ausfall auch noch.

»Ihr habt einfach keine Ahnung vom Musikgeschäft. Es ist ganz normal, dass es bei Aufnahmen heiß hergeht. Da legt man nicht jedes Wort auf die Goldwaage. Das ist wie in einer Großküche, da ist halt viel Dampf drauf ...«

»Das ist kein Dampf«, sagte Kati und sah dabei richtig wütend aus, »das ist dämliches Machogehabe und es ist dir gegenüber total respektlos! Das ist so was von eklig. Ich würde so einem Jungen die Freundschaft kündigen.«

Hanna bekam einen roten Kopf, zerrte den Hund von einem Baum weg, an dem er gerade genussvoll schnupperte, und giftete Kati in einer für sie ganz und gar unüblichen Heftigkeit an.

»Das musst gerade du sagen. Jemand, der seine Jungs nach bescheuerten Magazintests bewertet, als wären sie ... äh ... Zahnbürsten bei der Stiftung Warentest, der ist doch nicht zurechnungsfähig. Weißt du, wie eklig *das* ist????!!«

Aber Kati ließ sich nicht von ihrer Meinung über

Branko abbringen. »Vergleichen könnte dir auch nicht schaden. Aber du bleibst lieber blind und blöd an Branko kleben, egal, ob er dich gut oder schlecht behandelt. Wie bescheuert ist denn das?«

Auch Hanna wich keinen Zentimeter zurück. Ich wette, selbst wenn sie Brankos Verhalten schlecht gefunden hätte, Kati gegenüber hätte sie es im Moment auf keinen Fall zugegeben. In ihr Privatleben ließ sie sich nicht gerne reinreden, da war sie echt dickköpfig. Was ich aber nachvollziehen konnte, ich war schließlich nicht anders.

Offenbar wollte sie das Gespräch nun endgültig abbrechen, denn sie ging mit schnellen Schritten auf den Buchladen ihrer Mutter zu und zerrte den Hund ziemlich rücksichtslos hinter sich her, sodass der kaum Schritt halten konnte und losjaulte. In das Gejaule hinein sagte sie mit einem anklagenden Unterton in der Stimme: »Ich liebe Branko, falls du überhaupt weißt, was das ist, Kati. Du denkst doch, Liebe ist, wenn einer die coolsten Klamotten hat oder mit einem teuren Auto vorfährt ... wie dieser Robert!«

Kati explodierte. »Das ist so gemein ... nur weil du vor deinen Problemen die Augen verschließt, machst du mich jetzt schlecht ...«

»Ich muss die Augen nicht verschließen, aber du solltest deine mal besser aufmachen. Dieser Robert ist doch ein Vollhonk! Der will dich ja nur abschleppen, sonst nichts, und für so einen setzt du deine Freundschaft mit Tobi aufs Spiel. Das nenne ich bescheuert! Fass dich erst mal an die eigene Nase, bevor du im Liebesleben deiner Freundinnen wühlst!«

Hanna drehte sich zu mir um und sagte: »Kommst du noch auf einen Yogi-Tee mit in den Buchladen, Mila?«

Damit brachte sie mich jetzt aber in arge Verlegenheit. Ich konnte doch Kati hier nicht einfach so stehen lassen. Also druckste ich etwas herum: »Äh, wollen wir Kati nicht mitnehmen? Ich meine … sie ist schließlich unsere Freundin … auch wenn ihr grade mal nicht einer Meinung seid …«

Hanna sah mich scharf an und meinte hart: »Was mich angeht, war sie mal meine Freundin, und wenn du mit ihr weiter befreundet bist, Mila, dann kannst auch du nicht mehr meine Freundin sein.«

Mir verschlug es ehrlich gesagt bei diesen Worten die Sprache. Was ging denn mit der? Und weil ich ja genau mitbekommen hatte, was Branko über Hanna im Tonstudio gesagt hatte, wusste ich, dass Kati recht und Hanna unrecht hatte. Jedenfalls war die ganze Sache kein Grund, uns gleich die Freundschaft zu kündigen. Aber als Kati nun ebenfalls versuchte, mich auf ihre Seite zu ziehen, wurde mir die Sache zu dumm.

»Ihr könnt mich beide!«, schnaubte ich. »Macht das unter euch aus!«

Als ich mich aus dem Staub machte, rief Hanna mir sehr unfreundlich hinterher: »Ja, hau nur ab, ist dir der Boden plötzlich zu heiß?«

Ich blieb stehen. Was sollte denn das? Sie tat gerade so, als wenn ich vor Problemen davonlaufen würde. Das musste ich mir von ihr wirklich nicht vorwerfen lassen und so drehte ich mich noch einmal um und rief Hanna zu: »Heiß ist der Boden, auf dem du stehst. Aber bitte, bleib doch bei Branko, bis dir die Füße anbrennen, aber komm dann nicht angekrochen und verlange, dass ich dir Brandsalbe draufschmieren soll!«

Punkte, Krisen, Peinlichkeiten

Kati war sauer, dass ich sie bei Hanna so einfach stehen gelassen hatte. Ja, konnte ich verstehen, wäre ich vermutlich auch, wenn sie das mit mir gemacht hätte, aber wenn ich noch eine Minute länger dageblieben wäre, wäre ich ausgerastet. Ich versuchte es ihr am nächsten Morgen in der Schule zu erklären, aber sie sagte nur schnippisch: »Ach, Mila, mach doch, was du willst. Bist mir keine Rechenschaft schuldig.« Dann sah sie Tobi auf dem Schulhof und klebte sich an ihn dran. Mich ließ sie stehen, als wäre ich Luft für sie. Das sollte wohl die Retourkutsche sein. Na toll. Hanna benahm sich natürlich kein bisschen besser. Sie stürzte gleich zu Beginn der großen Pause zum Getränkeautomaten rüber und begann heftig mit Branko zu turteln. Wieso war ich eigentlich jetzt die Einzige von uns, die keinen Typ mehr hatte?

Ich schielte zu Markus rüber. Warum hing der seit Schulbeginn mit Kiwi und Knolle ab? Konnte er mich nicht wenigstens mal anständig begrüßen, nachdem wir nun schon so lange getrennt waren? Wieso ging er mir aus dem Weg? Sicher hatte er voll das schlechte Gewissen oder er war beleidigt, weil ich seine Einladung am Wochenende nicht angenommen hatte. Andererseits, eigentlich war ich es ja, die *ihm* aus dem Weg ging. Seit ich ihn mit Vanessa im Stroh beobachtet hatte, war er für mich gestorben. Keinen Bock, mit einer Leiche zu reden!

Ich schielte wieder zu ihm rüber und konnte nicht verhindern, dass ein sehnsüchtiger Seufzer meine Lippen verließ ... einfach weil sein Anblick alte Erinnerungen in mir weckte ... aber das war ja vorbei ...

Wie vorbei es war, merkte ich dann auch sofort, als Vanessa über den Schulhof kam und gleich zu Markus und Kiwi ging. Ich sah, wie Kiwi bei ihrem Hüftschwung Stielaugen bekam, und drehte mich dann weg. Mehr musste ich mir wirklich nicht zumuten.

Ich verdrückte mich hinter die Kastanie. Aber als ich beim Klingeln wieder in das Schulgebäude ging, kreuzte Vanessa meinen Weg.

»Na, so alleine, Mila?«, fragte sie zuckersüß. »Gibt es Zickenkrieg im Damenkränzchen?« Sie wieherte ihr Lachen heraus wie eine alte Schindmähre und warf ihre blondierten Haare total affig in den Nacken, als sie an mir vorbei die Treppe zu unserem Flur rauftänzelte. »Frau Berger ist übrigens mit meiner Tanzperformance für das Schulfest total zufrieden.« Sie kicherte erneut leicht abartig. »Ich kriege ja ein soooo tolles Kostüm. Total sexy! Wie Marilyn Monroe, nur in Rot!«

Sie blieb stehen, drehte sich auf der Treppenstufe herum und fragte süßlich: »Was trägst du denn eigentlich zum Fest bei, Mila?«

Ich hätte sie wegen ihrer falschen Freundlichkeit

erwürgen können, versuchte aber locker zu antworten. »Ich führe durch den Abend«, sagte ich, »sozusagen als Conférencier, wenn du weißt, was ich meine.«

Sie kicherte erneut. »Nein, wie putzig. Mila als Nummerngirl!«

Dann verschwand sie Gott sei Dank.

Nummerngirl?! Ich würde schon dafür sorgen, dass ich mehr als das war. Meine Ansagen würden witzig sein und Klasse haben. Ich würde ein weiblicher Thomas Gottschalk sein oder die neue Sonja Zietlow, ach was, Sonja Zietlow und Dirk Bach zusammen … jedenfalls mehr als jemand, der nur die nächste Nummer ansagte. Ich würde die Seele der Show sein! Jawohl. Dieser Zicke von Vanessa würde ich es zeigen. Mir einfach den Freund auszuspannen!

Vielleicht kündigte ich sie aus Rache gar nicht an. Da konnte sie dann hinter der Bühne in ihrem sexy Kostüm verschimmeln. Recht geschähe es ihr!

Als ich nach Hause kam, war meine Mutter gerade mal wieder auf dem Abflug.

»Wo geht es hin?«

»Noch mal Paris. Du weißt doch, die Einladung für die Produktpräsentation von L'amour de printemps. Die haben eine neue Haar-Komplettserie auf den Markt gebracht.«

Na denn, wenn meine Mutter meinte, dass ihre Kundinnen das Zeug brauchten. Ich schielte sie von der Seite an. Oder hatte sie vielleicht in Paris einen neuen Lover? So oft, wie sie sich in letzter Zeit da herumtrieb!

»Treib es nicht zu wild, Mila-Maus, und lass es dir gut gehen.«

Sie küsste mich auf die Wangen und rauschte davon. Als ich aus dem Fenster sah, stieg sie gerade in das Taxi zum Airport. Sie sah gut und erwartungsfreudig aus. Ich seufzte. Da hatte ich nun sturmfreie Bude und niemanden, der sie stürmte. Nicht mal mehr Freundinnen hatte ich, mit denen ich einen Wellnessnachmittag in der Sauna verbringen konnte. Zu deprimierend.

Mein Handy röhrte. Eine SMS. Sie war von Markus.

Warum rennst Du seit der Chorfreizeit immer vor mir weg? Hast Du einen anderen?

Na, der machte mir ja Spaß! Wer war denn hier untreu? Ich doch nicht!

Ich lag am Abend auf meinem Popsofa, als mich Kati anrief.

»Bist du noch sauer?«, fragte sie und ihre Stimme klang wässrig. Dass sie sich unseren Streit so zu Herzen nahm, rührte mich und stimmte mich versöhnlich.

»Nein, alles okay, mach dir keinen Kopf, kann ja jeder mal schlecht drauf sein.«

Ich hörte einen erleichterten Seufzer und dann sprudelte es mit weinerlicher Stimme aus ihr heraus: »Tobi ist so ein Blödmann! Und diese Fotofritzen auch und sowieso, die Welt ist voller Blödmänner! Ich gehe ins Kloster! Und mit Tobi bin ich durch!«

Aha, es ging ihr gar nicht um unsere Freundschaft. Sie heulte, weil sie sich mit Tobi und offenbar der halben Welt gestritten hatte. Am liebsten hätte ich sie ja jetzt hängen lassen. Was ging mich ihr Kummer an? Den ganzen Tag war ich Luft für sie und jetzt sollte ich wieder mal ihren seelischen Mülleimer spielen. He, hallo? Ich hatte keinen Bock darauf! Ich hatte schließlich meine eigenen Probleme!

Aber es gab keine Chance, aus der Nummer wieder rauszukommen. Kati sprudelte geradezu über und redete wie ein Wasserfall.

»Also, es fing ja ganz süß an heute Nachmittag. Tobi hat mich besucht und als Überraschung die neue *Gloire* mitgebracht. Ich hab ja gedacht, wir wären da alle auf dem Titelbild. Waren auch alle, nur ich nicht. Mich haben sie einfach abgeschnitten. Verstehst du, Mila? Einfach abgeschnitten. Man sieht nur ein Stückchen von meinem Arm. Es ist so erniedrigend. Der ganze Aufwand und dann das ... was soll Robert nur von mir denken? Bin ich wirklich so hässlich, dass man mich aus dem Bild rausschneiden musste?«

Sie schluchzte empört auf. »Sag es, Mila! Bin ich zu hässlich für die *Gloire*?«

Was sollte ich darauf sagen? »Nein, Kati, natürlich nicht, du warst wunderschön bei den Aufnahmen. Das muss andere Gründe haben. Es hat nichts mir dir zu tun ...«

Erneutes Schluchzen. »Das hat Tobi auch gesagt, aber ich habe ihm nicht geglaubt ...«

»Und?«

»Was und?«

»Na, und was hat Tobi noch gesagt?« Sicher hatte er sie doch irgendwie trösten wollen.

»Er hat gar nichts gesagt. Er hat nämlich den Zettel gefunden …«

»Welchen Zettel?«

»Den Zettel, der von meinem Schreibtisch geflattert ist. Genau vor seine Füße.«

Ich wurde langsam bussig. »Ja, ja, was zum Teufel stand denn drauf auf dem Zettel?«

Kati schniefte ganz schrecklich und es klang, als zöge sie eine endlose Schleimspur in der Nase hoch.

»Meine Statistik …«

»Was für eine Statistik?«

»Na, der Punktevergleich von Tobi und Robert.«

Ach herrje! Wie blöd war sie denn, so etwas herumfliegen zu lassen. Aber hatte sie nicht gesagt, dass Robert und Tobi von ihr gleich viele Punkte kriegen würden?

»Ja, äh, nein … also ich hatte es mir doch noch mal überlegt nach dem Besuch von Robert … also … es war ein so schöner Abend …«

»Aha«, zählte ich mir eins und eins zusammen. »Du hast also Robert mehr Punkte gegeben und Tobi hat es gelesen. Klasse! Warum machst du auch so einen Quatsch?«

Sie jammerte mir ganz schrecklich ins Gehör. Da musste ich einfach Mitleid haben.

»Und, wie hat er reagiert?«

Sie jaulte so laut und gequält auf, dass ich dachte, ich würde einen Hörsturz kriegen.

»Er hat mich verlassen!!!! ›Du würdest bei mir immer die Höchstpunktzahl kriegen, Kati‹, hat er gesagt. ›Aber wenn du einen anderen besser findest als mich, dann müssen wir uns eben trennen.‹« Sie brach in einen krankhaft klingenden Husten aus – Schwindsucht, letztes Stadium – und keuchte dann: »Einfach gegangen ist er. Einfach so, ohne ein Abschiedswort. Dabei liebe ich ihn doch!«

Na toll. »Und deswegen hast du ihm auch weniger Punkte gegeben als Robert! Tolle Liebe!«

Ich konnte mir diese Worte einfach nicht verkneifen und prompt sagte Kati: »Ich habe es dir doch erklärt, aber ich sehe schon, du verstehst mich auch nicht!«

Dann hängte sie mich ab.

Ich starrte frustriert das Display des Handys an, als eine SMS von Markus einging.

Warum haust Du immer vor mir ab? Liebst Du mich nicht mehr? Dann sag es mir offen.

Ich löschte die Nachricht, legte mich auf mein Bett und schloss die Augen. Schlechte Zeiten für Liebe, dachte ich, irgendwie geht bei allen alles kaputt. Warum sollte ich da wohl eine Ausnahme sein?

Ich stand auf und schrieb den Songtext für Antony zu Ende.

Mach's Maul auf, Junge,
Wenn sie da steht!
Sprich sie an, wenn sie vorübergeht!
Pack's auf die Zunge, Junge,
Und sag es ihr jetzt,
Bevor sie sich zu einem anderen setzt …

Das passierte mir oft, dass ich total depri war, und dann drängte es mich ganz plötzlich an den Schreibtisch und ich hatte richtig coole Ideen.

Hm, ob ich vielleicht doch ein kleines bisschen in Antony verliebt war?

Am nächsten Tag hatte Nickel noch nach Schulschluss eine Chorprobe für das Schulfest angesetzt. Als ich Antony auf dem Schulhof meinen neuen Text zeigte, versuchte er gleich, ihn in seinen Song mit einzubauen. Das machte er ziemlich gut und ich fand es richtig toll. Hatte er gespürt, dass ich ihn durchschaut hatte?

»Super«, sagte ich gerade zu ihm, als plötzlich Markus hinter mir stand und ziemlich wütend fragte: »Mila, kann ich dich mal kurz sprechen?«

Nö, hatte ich in diesem Augenblick eigentlich keinen Bock drauf. Also blockte ich ab und sagte leise: »Wir müssen gleich zu Nickel, ich kann jetzt hier nicht mit dir reden.«

»Ich würde aber gerne jetzt und hier mit dir reden und es ist mir egal, ob du zu Nickel musst.«

»Ich finde aber nicht, dass hier der richtige Ort ist«, zischte ich nun auch wütend. Warum war er nur so stur?

»Wofür der richtige Ort?«

Gott, nervte der Typ! Aber ehe ich noch etwas sagen konnte, baute sich Antony vor Markus auf und sagte: »Hey, lass Mila in Ruhe!«

Obwohl Antony größer und durchtrainierter war als er, schob Markus ihn einfach zur Seite und sagte drohend: »Halt dich da raus, okay? Noch ist Mila mein Mädchen!«

Aber Antony dachte gar nicht daran, sich von Markus so behandeln zu lassen, und packte sich ganz schön was auf die Zunge. Hm, da hatte er sich meinen Songtext wohl gleich zu Herzen genommen. Ein Wort gab das andere, und ehe ich kapierte, was abging, steckten die beiden in einer handfesten Keilerei. Mein Gott, dass Kerle sich immer prügeln mussten. Wie die Steinzeitmenschen gingen die aufeinander los. Fehlte nur noch ein Bärenfell um die Lenden und eine dicke Keule. Wie die beiden da so aufeinander einprügelten, waren mir plötzlich beide total zuwider, sodass ich einen regelrechten Föhn kriegte.

»Macht das unter euch aus«, sagte ich sauer. »Aber rechnet nicht mit mir. Ich gehöre keinem von euch, sondern nur mir, und darum bin ich ab heute wieder Single!«

Die hatten doch wohl einen Schaden!

Weil mich die Klopperei zwischen Markus und Antony total aufgeregt hatte, rannte ich erst mal auf die Mädchentoilette, wo ich mich in die Klokabine einschloss und vor Wut zu heulen begann. Mussten Typen so bescheuert sein? Und warum ließ Markus mich nicht endlich in Ruhe. Wie konnte er sagen, dass ich sein Mädchen wäre, wenn er sich mit Vanessa im Stroh wälzte? Typisch männliche Doppelmoral. Katis Vater stellte es sich sicher genauso vor. Zu Hause Kati und ihre Mutter und für den Spaß noch diese Tinka.

Im dem Moment, als ich das dachte und mir die Wut noch einmal das Wasser ganz kräftig in die Augen trieb, klopfte es an die Klotür und ich hörte Katis Stimme.

»Mach auf, Mila, wir wissen, dass du da drin bist. Bitte, komm raus!«

Und dann hörte ich auch Hanna. »Bitte, Mila, mach keinen Scheiß! Das ist kein Typ wert, dass du dir seinetwegen die Seele aus dem Leib heulst.«

Damit hatte sie ja eigentlich recht. Das war wirklich kein Typ wert. Ich putzte mir die Nase mit Klopapier und stand auf. Als ich die Tür öffnete, fielen mir die beiden gleich um den Hals und streichelten mich tröstend.

»Mila, es tut mir so leid, dass wir uns gestritten haben ...«, sagte Kati und Hanna meinte: »Lass uns wieder Freunde sein. Die Welt ist eh schon so bescheuert, da müssen wir uns nicht auch noch zanken.«

Und weil sie damit zweifellos recht hatte, nahmen wir uns in die Arme und schworen uns erneut ewige Freundschaft.

»Eine für alle, alle für eine! So soll es sein.«

Auf die Probe hatte nun allerdings keine von uns mehr Bock und so beschlossen wir, die Stunde zu klemmen und lieber eine Latte trinken zu gehen. Wir hatten gerade das Schultor passiert, als Kati hektisch wurde und auf die gegenüberliegende Straßenseite zeigte.

»Da, da, da ist Tinka!«

Tatsächlich, vor einem der Schaufenster stand eine sehr hübsche Blondine, die der jungen Frau, die wir mit Katis Vater im Café gesehen hatten, sehr ähnlich sah.

»Bist du sicher?«, fragte ich leise.

Kati nickte und flüsterte: »Ja, hundertprozentig. Die hat sich bei mir total in die Festplatte eingebrannt. Wie ich sie hasse!«

»Sie sieht echt gut aus«, sagte Hanna. Was Besseres fiel ihr wohl auch nicht ein. Kati war total aufgeregt.

»Was mache ich denn nur?«

Wusste ich auch nicht, aber Hanna sagte, als wäre es das Selbstverständlichste von der Welt: »Stell sie doch zur Rede. Frag sie, wie sie dazu kommt, sich mit einem verheirateten Mann einzulassen. So sieht sie doch eigentlich gar nicht aus. Also ich meine, als ob sie das nötig hätte ...«

Kati blockte ab. »Das kann ich nicht. ich wüsste gar nicht, was ich sagen soll.«

Aber Hanna drängte weiter. »Mensch, Kati, das ist die Chance. Vielleicht rettest du damit die Ehe deiner Eltern. Du musst es einfach versuchen.«

Hannas Stimme war so eindringlich, dass sich Kati der suggestiven Wirkung nicht entziehen konnte. Sie gab sich einen Ruck, und obwohl es ihr sichtlich schwerfiel, stimmte sie zu.

»Okay, ich versuche es, aber wenn sie zickig wird, müsst ihr mich unterstützen.«

Sie ließ nun nichts mehr anbrennen, lief auf die andere Straßenseite und ging direkt auf diese Tinka zu.

»Was fällt dir ein, mit meinem Vater rumzumachen?!«, sagte sie ziemlich laut und schroff. Die Blonde fuhr herum.

»Deinem Vater?« fragte die verwundert. »Wer ist denn überhaupt dein Vater?«

»Na, der Heilpraktiker ... du weißt schon! Brauchst es gar nicht zu leugnen. Ich habe euch zusammen gesehen und mein Vater hat es ja auch zugegeben ... Hast du ihm auch Bedenkzeit gegeben wie meine Mutter?«

Diese Tinka starrte Kati nun total irritiert an.

»Wie kannst du so gemein sein und meiner Mutter den Mann wegnehmen und mir meinen Vater! Ich hasse dich!«

Kati ging mit beiden Fäusten auf die junge Frau los. Das war jetzt allerdings etwas zu heftig, und so liefen Hanna und ich ebenfalls auf die andere Straßenseite und versuchten Kati zu beruhigen.

Die war inzwischen völlig aufgelöst und heulte: »So eine Bitch, nimmt mir einfach meinen Vater weg ...«

Tinka wirkte wie versteinert. »Tim ist verheiratet?«, fragte sie schließlich tonlos.

Kati stockte. »Sag nur, du hast das nicht gewusst?!«

Tinka sah nun wirklich fassungslos aus. »Nichts, gar nichts habe ich gewusst! Du glaubst doch nicht, dass ich mich mit einem verheirateten Mann einlassen würde.«

»Nicht?«, fragte Kati, »Du hast echt nichts gewusst?«

Tinka schüttelte den Kopf.

»So ein Schuft«, sagte sie und man merkte ihr an, dass sie sich sehr beherrschen musste. »Der kann was erleben!« Und zu Kati meinte sie halb schnippisch, halb tröstend: »Mach dir keine Sorgen, *ich* nehme dir deinen Papi bestimmt nicht weg!« Dann drehte sie sich um und stöckelte mit wütenden kleinen Schritten auf ihren High Heels davon. Hm, da würde sich Katis Vater aber warm anziehen müssen.

Tobi und Tinka blieben jedoch nicht Katis einzige Probleme. Weil meine Mutter in Paris war, hatte ich Kati und Hanna überreden können, bei mir zu übernachten. Aber als wir es uns gerade so richtig gemütlich machen wollten, kam ein Anruf für Kati von Robert. Sie kriegte sofort wieder das große Flattern und rannte mit dem Handy am Ohr in den Flur, von wo wir dann nur noch süßliches Gesäusel und immer wieder »Ja, wie toll, ja, ja mache ich, ich freue mich ja so …« hörten.

Als sie schließlich zurück in mein Zimmer kam, hatte sie einen hochroten Kopf und ihre Augen strahlten überirdisch.

»Robert«, hauchte sie, als wir sie mit fragenden Blicken ansahen. »Er hat mich eingeladen … seid ihr böse … äh … wenn ich mich gleich noch mit ihm treffe? Er muss nämlich dann wieder nach München … sein Shooting in Düsseldorf ist heute zu Ende … er … er will es mit mir feiern …«

Liebes Lieschen! Die fuhr aber mal auf den Typ ab. Na, musste sie selber wissen und jetzt, wo Tobi mit ihr Schluss gemacht hatte, war ja auch moralisch nichts mehr dagegen einzuwenden.

»Er holt mich hier ab, ist das okay für dich, Mila?«

Ich zuckte die Schultern. Warum nicht? Kati hatte endlich mal wieder Glanz in den Augen und diesen dynamischen Zug um den Mund, der Frauen auszeichnet, die auf der Jagd sind. Kannte ich von meiner Mutter.

Klar, dass Hanna und ich am Fenster hingen und glotzten, als Kati zu Robert in seinen Geländewagen stieg. Gut sah der Typ ja wirklich aus und er trug echt feinen Zwirn. Schien ganz einträglich zu sein, so ein Modeljob.

Die beiden sausten davon und wir machten es uns zu zweit gemütlich. Aber als ich Hanna fragte, wie denn so die Aufnahmen für die Demo-CD mit Branko laufen würden, da brach es plötzlich aus ihr heraus: »Ich pfeif auf die CD«, schimpfte sie. »Branko ist so ein Macho! Ich hasse ihn. Ich werde nie wieder einen Ton singen!«

Oje, das klang aber gar nicht gut. Was war denn nur passiert?

Hanna war leider nicht Kati, die, wenn sie Kummer hatte, sofort wie ein Wasserfall redend ihr Herz bei mir ausschüttete. Sie neigte eher dazu, alles in sich hineinzufressen, und so musste ich ihr die Infos über das, was passiert war, wie Würmer aus der Nase ziehen.

Es dauerte also eine Weile, bis ich den Überblick hatte und mir klar wurde, was geschehen war. Wirklich wundern tat es mich allerdings nicht. So wie Branko sich neulich im Tonstudio über Hanna geäußert hatte, war ja zu erwarten, dass es bald mal zwischen den beiden krachte.

Hanna hatte natürlich die Beleidigungen nicht einfach so geschluckt. Dazu war sie viel zu stolz, und so hatte sie Branko, als er beim nächsten Aufnahmetermin wieder unter die Gürtellinie zielte, aufgefordert, sich bei ihr zu entschuldigen. Aber er zeigte sich offenbar uneinsichtig.

»Es wäre zu meinem Besten, hat er gesagt, und ob ich überhaupt kapieren würde, was für eine Chance er mir bieten würde. Alles hinge vom richtigen Image ab, mit dem man in den Markt ginge. Dann würde es auch mit der Karriere fluppen und ich würde ordentlich Schotter einfahren.«

Hanna sah mich frustriert an. »Ich hab gedacht, er findet meine Stimme und unsere Songs gut, aber er hat nur ans Geld gedacht. Und als ich ihm gesagt habe, dass es für mich gar nicht wichtig ist, ob ich viel oder wenig Geld verdiene, weil ich einfach singen muss, weil Musik mein Leben ist … da hat er ganz komisch geguckt, so als wäre ich von einem anderen Stern und total bescheuert.«

Sie sah mich fragend an. »Bin ich bescheuert, Mila, wenn ich aus reiner Freude an der Musik singe, wenn ich nicht ständig Eurozeichen in den Augen habe bei jedem Ton, den ich von mir gebe?«

Sie erwartete nicht wirklich eine Antwort von mir, sondern fuhr fort: »Ich kann mich nicht so für Branko verbiegen, verstehst du das, Mila? Er will, dass ich singe wie irgendein anderer Popstar, wie Britney oder Christina oder Duffy, aber ich habe doch meinen eigenen Stil, ich will niemanden kopieren, ich will ich bleiben, auch in meiner Musik. Man kann sich doch für eine Karriere nicht selbst verleugnen!«

Sie schwieg und wischte sich mit dem Handrücken eine Träne von der Wange. »Das merken die Leute schließlich auch – das ist total unecht und hohl!«

Ich bewunderte sie. »Hast du, äh, hast du Branko das gesagt?«, fragte ich vorsichtig.

Sie nickte und sah mich traurig an. »Ich habe so gehofft, dass er mich versteht, Mila. Ich habe ihm gesagt, dass Singen für mich Lebensfreude ist und Ausdruck meiner Persönlichkeit, dass ich nicht mehr ich bin, wenn er mir den Stil von irgendeinem Popstar aufzwingt.«

Sie sah total unglücklich aus.

»Er hat nichts kapiert! Er hat nur gesagt, dass ich mich wieder einkriegen soll und dass das Studio teuer ist und mein Gezicke nur unnötig Geld kostet. Verstanden hat er mich kein bisschen.«

»Und dann ... also, ich meine, wie seid ihr denn nun verblieben?« Irgendwie sah ich überhaupt keine Lösung für Hannas und Brankos Problem. Da war ich nicht die Einzige.

»Ich, äh, glaube, wir haben uns getrennt ...«, sagte Hanna leise.

»Du glaubst?«

»Na ja, als er wieder mit Britney ankam und ihrem sexy Ausdruck, hab ich den Kram hingeschmissen. Mir ist so die Galle hochgekommen, dass ich keinen Ton mehr rausgekriegt habe. ›Ich höre auf‹, hab ich gesagt. ›Wie, du hörst auf?‹, hat er gefragt. ›Ich höre auf mit Singen. Ich kann einfach nicht mehr. Ich brauche eine Auszeit. Ich bin ja gar nicht mehr ich!‹«

»Das hast du gesagt?«, fragte ich und war nun auch ziemlich verstört. »Du hast gesagt, du hörst mit dem Singen auf?«

Da musste Hanna aber wirklich total verzweifelt gewesen sein. Sie zog den Rotz hoch.

»Und was hat Branko darauf gesagt?« Ich konnte es mir schon fast denken.

»Er hat gesagt, wenn ich jetzt gehe, dann sind wir getrennte Leute … Und dann bin ich gegangen … ja …« Sie packte mich an der Schulter und schüttelte mich.

»Sag, dass es richtig war, was ich gemacht habe, Mila! Sag es!!!!«

»Klar, Hanna, klar war es richtig. Ich habe schon damals gesagt, dass Branko dich nicht so behandeln darf. Du hast genau das Richtige gemacht!«

Sie ließ mich los und ich holte Papiertaschentücher und eine kalte Cola für sie. Beides nahm sie dankbar an. Wir schalteten den Fernseher an und sahen *Die ultimative Chartshow*.

»Aber das mit dem Singen hast du nicht ernst gemeint Hanna, nicht wahr? Du kannst nicht aufhören zu singen, das ist, als würde man einem Kugelstoßer den Wurfarm amputieren.«

Sie seufzte und nippte an der Cola. »Ich mag nicht mehr, Mila. Vielleicht später mal wieder. Ich sag es Nickel morgen. Ich brauche echt 'ne Auszeit.«

Ich ließ es dabei bewenden und hoffte auf Katis Unterstützung, um sie von dieser Schnapsidee doch noch abzubringen. Das wäre nämlich echt eine Katastrophe für das Schulfest, wenn Hanna nicht singen würde. Sie war immer eins der Highlights gewesen und hatte mit Brians Band oft genug den Saal zum Kochen gebracht – nicht auszudenken.

Aber Kati hatte ihre eigenen Probleme und war alles andere als eine große Hilfe. Es war verdammt spät, als sie Hanna und mich aus dem Schlaf klingelte. Schlaftrunken taperte ich an die Tür und öffnete ihr.

»Na, war's schön?«, murmelte ich noch leicht geistesabwesend, als sie auch schon loslegte.

»Robert ist so ein Volldepp! So ein Honk! Ich hasse die Männer!«

Kati war völlig außer Atem, die Bluse war halb offen und hing ihr aus der Jeans. Warum lief sie so schlampig rum? Und warum schimpfte sie dermaßen auf Robert? Das klang nicht gerade nach romantischem Kuschelabend.

»Doch, war es am Anfang ja«, antwortete Kati auf meine diesbezügliche Bemerkung. »Er war total nett, wie ein echter Gentleman. Wir haben toll gegessen und waren danach noch in einer Bar, und dann hat er mich hergebracht. Also, das heißt, er hat da hinten, hinter der hohen Fliederhecke, gehalten. »Wollen wir noch ein bisschen an der frischen Luft spazieren gehen?«, hat er gefragt, und der Mond schien so schön und die Sterne funkelten … und dann haben wir uns geküsst und das war sooo romantisch … und dann hat er alles kaputt gemacht …«

»Aber, aber wieso denn?«

»Er ist mir sofort an die Wäsche gegangen … der … der … hat sich gar nicht abhalten lassen … ich, ich wusste mir einfach nicht mehr zu helfen. Als er mir wieder seine Zunge so aggressiv in den Rachen steckte, da, da hab ich einfach … du weißt schon, so wie Hanna damals bei Markus, als er sie im Harlekin so bedrängt hat!«

Sie sah mich sehr geknickt an. Ich merkte, wie ich

unwillkürlich leicht angewidert mein Gesicht verzog.

»Du hast ihn aber nicht in die Zunge gebissen?«

Kati grinste ein wenig schief. »Doch, hab ich. Und dann bin ich ganz schnell weggelaufen.« Sie seufzte. »Glaubst du, dass er sich jemals wieder bei mir melden wird?«

Na, die war ja lustig! Lernte sie denn gar nichts? Sie hatte meinen verzweifelten Blick wohl aufgefangen, denn sie schob schnell nach: »Ich, äh, meine, falls er überhaupt noch sprechen kann … aber ich glaube, der kann gar nicht mehr sprechen … also, als er mich anschnauzte, klang es eher so …«

Kati ahmte Robert nach, und obwohl die Sache ja nun wirklich traurig war, lachten wir gerade laut auf, als Hanna hinzukam und uns mit Schlafaugen anstarrte. Als sie hörte, was Kati getan hatte, musste auch sie lachen.

Wir gingen in die Küche und aßen jede noch einen Joghurt. Dabei klärten wir Kati über die neueste Entwicklung bei Hanna auf. Dann gingen Hanna und Kati diskutierend ins Gästezimmer und ich kroch wieder in mein Bett.

Tja, nun waren wir also alle drei wieder Singles. Sich lieben und sich verlassen war offenbar etwas, was unabdingbar zusammengehörte. Die eine einzige unsterbliche Liebe blieb für die meisten Menschen wohl nur ein Wunschtraum … wenn offenbar noch nicht mal Katis Eltern, die für mich bisher ein Muster an Beständigkeit waren, zusammenblieben … sehr deprimierend.

Nickel war alles andere als begeistert, als Hanna ihn über ihre Entscheidung informierte. Aber sie ließ sich nicht davon abbringen. Weder von Nickel noch von uns.

»Ich singe nicht, nicht auf dem Schulfest und auch sonst nirgends. Ich kann einfach nicht mehr. Bei jedem Ton muss ich an Branko und unsere gescheiterte Liebe denken und dann hab ich einen totalen Kloß im Hals. Ich brauche Abstand, echt, ich muss eine Auszeit haben.«

Dem war dann schließlich nichts mehr hinzuzufügen und Nickel suchte händeringend nach Ersatz. Er drückte Antony noch einen weiteren A-Cappella-Song auf und beschloss, an Hannas Stelle Rumpelstilzchen groß rauszubringen. Keiner von uns ahnte, dass er ernsthaft eine Wette mit unserem Mathelehrer laufen hatte, und so waren wir ziemlich verblüfft.

»Herr Reitmeyer soll auf dem Schulfest singen?«, fragten Hanna, Kati und ich wie aus einem Munde. Und Kiwi sagte, auf einem Schokoriegel kauend: »Der… mampf… mümpfel… wird sich ja so was… von… schmatz… blamieren…«

Ich glaube, es gab keinen in unserer Klasse, der es Rumpelstilzchen nicht von Herzen gönnte.

Je näher aber nun das Schulfest kam, umso flauer wurde mir im Magen. Ich hatte zwar eine freche Schnauze und war selten um einen coolen Spruch verlegen, aber so alleine vor der ganzen Schule und unzähligen Eltern auf der Bühne zu stehen und geistreich durch das Programm zu führen, war schon etwas anderes.

Ich hockte mal wieder an meinem Schreibtisch und versuchte, mir lockere Überleitungen zwischen den einzelnen Beiträgen aus dem Hirn zu quetschen, als erneut eine Mail von Markus eintrudelte. Konnte er mich denn nicht endlich in Ruhe lassen! Ich machte sie erst gar nicht auf, sondern verschob sie ungeöffnet in den Papierkorb. Frustriert starrte ich auf den weißen Fleck an meiner Wand, wo das Foto von Markus gehangen hatte. Ach, es war ja so viel leichter, ein Poster von der Wand zu reißen als einen Jungen aus seinem Herzen. Und gerade mit Markus hatte ich so viel erlebt und er hatte mir so gutgetan … Er verstand, wie es mir als alleinerziehende Tochter ging, dass mir ein Vater fehlte wie ihm eine Mutter, und er hatte meine ersten schriftstellerischen Gehversuche immer voll unterstützt … ja sogar, dass ich für andere Jungen Songtexte schrieb, hatte er – wenn auch zähneknirschend – bisher toleriert … Warum war es mit uns nur so schiefgelaufen? Nur weil Vanessa ihn mir ausspannen wollte und sich dabei jeder erlaubten und unerlaubten weiblichen List und ihrer körperlichen Reize bediente, konnte ich doch nicht einfach aufgeben!

Markus war so viel für mich gewesen … nicht nur einfach ein Junge, der gut aussah und gut küssen konnte …

War ich bescheuert, ihn einfach Vanessa zu überlassen und mich beleidigt zurückzuziehen? Wieso ließ ich mich zum Opfer von Vanessas Intrige machen? Emanzipiert sein hieß doch, dass man selber handelte. So, wie man es für richtig hielt. Dass man

Schluss machte oder ... kämpfte! Wie konnte ich von Kati verlangen, dass sie um ihren Vater kämpfte und selbst einfach resignieren, ohne auch nur einen ernsthaften Versuch gemacht zu haben, Markus zurückzugewinnen?! Das war doch nicht Mila-like!

Selbst Katis Mutter, die sanfte Felix, hatte den Kampf aufgenommen, um ihren Mann von Tinka zurückzuerobern ...

Konnte ich da wie ein blöder Vogel Strauß den Kopf in den Sand stecken und meinen Traumtyp einfach so Vanessa überlassen? Konnte ich nicht!

Ich stand auf, öffnete das Fenster und atmete in tiefen Zügen die frische, kühle Abendluft ein. Dabei dachte ich: Liebe ist ... um das Glück zu kämpfen!

Mila würde kämpfen und wenn es vergebens war, okay, dann konnte ich nichts machen, aber ich hatte es zumindest versucht.

Ich öffnete die E-Mail von Markus nun doch noch:

Was machst Du nur, Mila, las ich, *Du zerstörst alles ... lass uns doch reden!*

No risk – no fun!

Ja, reden! Das hatte ich mir auch vorgenommen, mit Markus zu reden, aber als er mitten in der Generalprobe damit ankam und sagte: »Mila, auch wenn es dir unangenehm ist, ich muss kurz was mit dir besprechen«, da passte es wirklich nicht.

»Nicht jetzt«, blockte ich also ab und fing mir einen seltsamen Blick von ihm ein.

»Keine Angst«, sagte er aber nur. »Es ist nichts Privates. Geht ums Ausleuchten der Bühne.«

Ich seufzte erleichtert. So sehr ich inzwischen eine Aussprache herbeisehnte, hier wäre es doch ziemlich unpassend gewesen. Jede Menge Mitschüler wuselten in der Aula herum und Vanessa, total aufgebrezelt in ihrem sexy Showkostüm, schielte auch schon wieder zu uns rüber. Ich ging also schnell mit ihm zum Lichtpult im hinteren Bühnenraum.

»Okay, dann sag, was ist?«

Markus verschlang mich geradezu mit seinen Blicken, sagte aber sachlich: »Auf der Bühne, da ist eine Markierung. Siehst du die?« Ich nickte. »Da richte ich den Spot drauf. Stell dich also bitte genau dahin, wenn du die Veranstaltung moderierst. Sonst sieht man dich nämlich nicht.« Er grinste. »Wäre echt schade.«

Ich guckte ihn leicht verwirrt an. »Äh, war das alles?«

Markus zuckte die Schultern. »Was habe ich dir eigentlich getan, dass du dich für mich seit der Chorfahrt unsichtbar machst?«

Oh nein, bitte nicht jetzt! Ich hatte zu tun!

»Markus! Das ist jetzt kein Thema, mir gehen im Moment wirklich andere Dinge im Kopf herum!«

Markus blieb störrisch. »Mir geht genau das im Kopf herum! Und ich finde es nicht fair, dass du mir ständig ausweichst, wenn ich dich frage, warum du dich so abweisend verhältst.«

Ich sah mich hektisch um. Hier hinter der Bühne, wo ständig irgendwelche Leute herumliefen, unsere Probleme zu besprechen, war nun wirklich das Allerletzte, was ich wollte. Außerdem standen vor der Bühne überall Mitschüler und Lehrer und warteten, dass die Generalprobe für das Schulfest endlich losging. Selbst wenn ich gewollt hätte, hätte ich nicht mit Markus sprechen können. Aber ohne einen Hinweis auf den Grund meiner Zurückhaltung wollte ich ihn auch nicht lassen, und so rutschte es mir mal wieder schärfer als gewollt heraus: »Vielleicht denkst du mal ein bisschen nach. Dann fällt dir möglicherweise ein Grund ein. Er hat sogar einen Namen: Vanessa!«

Markus wirkte genervt. »Findest du deine Eifersucht auf Vanessa nicht allmählich albern?«

»Findest du es nicht albern, dich mit ihr im Heu zu kugeln?«

So, jetzt war das wenigstens raus! Markus sah mich vollkommen irritiert an.

»Ich mit Vanessa? Wann soll das denn gewesen sein?«

Ach, jetzt stellte er sich auch noch unwissend. Wie feige war denn das! Ich hatte nun wirklich keine Zeit mehr zu reden, denn Nickel kam geradewegs auf die Bühne zu, und so sagte ich in aller Hektik: »Du kannst dir das Leugnen sparen. Ich habe euch gesehen, als ich dich gleich nach der Chorfahrt auf eurem Hof besuchen wollte. Das hätte ich mir echt schenken können. Lass mich jetzt arbeiten, die Probe fängt an.«

Ich wollte nach vorne auf die Bühne gehen, aber Markus stellte sich mir in den Weg.

»Du hast gar nichts gesehen, Mila! Nichts. Oder okay, vielleicht hast du etwas gesehen, vielleicht hast du mich sogar mit Vanessa im Stroh gesehen. Aber wenn, dann war es ein minimaler Ausschnitt dessen, was wirklich passiert ist. Eine Momentaufnahme, und du nimmst das Bild einfach in deinem Kopf mit und dichtest dir eine Story drum herum. Eine völlig falsche Story, zusammengebastelt aus Misstrauen und Eifersucht. Du bist so unfair, Mila!«

Ging es dem noch gut? Er wälzte sich mit Vanessa im Stroh und ich war unfair?!

»Wo bin ich denn unfair? Ich bin sofort zu dir gekommen nach der Chorfahrt, und anstatt dass du mich in die Arme nimmst, umarmst du Vanessa und amüsierst dich mit ihr im Stall! Wenn etwas unfair ist, dann ist es dein Verhalten.«

Markus fand es nun wohl auch unangenehm, dass immer mehr Schüler vor der Bühne standen und vielleicht mithörten, was wir uns gegenseitig an den Kopf warfen, und so sagte er leise: »Mila, ich könnte jetzt sagen, dass Vanessas kleine Schwester mich geschubst hat, aber das macht doch alles keinen Sinn. Wenn du kein Vertrauen zu mir hast, dann trenne ich mich besser von dir.«

»Du kannst dich nicht von mir trennen«, schnappte ich wütend, »denn ich habe mich bereits von *dir* getrennt!«

Markus starrte mich an, dann sagte er mit einem zynischen Grinsen: »Okay, ich notiere es mir: *Mila hat sich zuerst getrennt!*«

Nahm er mich jetzt auch noch auf den Arm? Ich drehte mich um und lief auf die Bühne. Ich hatte doch Augen im Kopf und wusste, was ich gesehen hatte. Da musste er mir nun wirklich keine Vorwürfe machen.

»Du kannst mich mal, Markus!«, sagte ich noch. Den Kampf konnte ich wohl endgültig verloren geben.

Auf der Bühne klatschte ich in die Hände, um die Aufmerksamkeit der Leute auf mich zu ziehen, dann erklärte ich ihnen kurz die Programmänderung.

»Also, bitte alle mal herhören: Hanna kann nicht auftreten, wir müssen darum das Programm ein bisschen umstellen. An ihrer Stelle tritt nun unser allseits geschätzter Mathelehrer Rumpelstilz… äh … Herr Reitmeyer auf.«

Ein verwundertes Raunen ging durch die Menge und jemand aus der Unterstufe fragte: »Als was denn? Wandelndes Geodreieck?«

Allgemeines Gelächter, nur Nickel meinte todernst:

»Herr Reitmeyer hat einen sehr schönen Bassbariton, er wird die Veranstaltung mit einem von mir komponierten Song bereichern.«

Erneutes Gelächter, in das hinein ich die weitere Programmfolge ansagte: »... dann folgt der Mond mit Marisa und dann noch mal A-Cappella. Hat das jetzt jeder mitbekommen? Okay, dann können wir starten!«

Nachdem wir alle Tanz- und Musikbeiträge, außer dem von Rumpelstilzchen, durchprobiert hatten, zogen Hanna, Kati und ich uns in den Werk- und Handarbeitsraum zurück, um noch ein paar Änderungen an den Kostümen zu machen. Kati hatte für so etwas wirklich ein Händchen und ich konnte mir gut vorstellen, dass sie später mal an einem großen Theater in der Kostümbildnerei arbeitete.

Natürlich wollten meine Freundinnen gleich wissen, was ich mit Markus besprochen hatte, und weil sie es ja irgendwann doch erfahren würden, erzählte ich ihnen, dass ich nun endgültig mit Markus auseinander war. Während Kati es ganz schrecklich fand und mich sofort bedauerte, meinte Hanna nur realistisch: »Manchmal ist es besser, eine Beziehung zu beenden, als dass man zusammen unglücklich ist.«

Das gefiel Kati nicht. »Meinst du, meine Eltern sind nur noch zusammen unglücklich?« Sie sah Hanna total traurig an, sodass Hanna gar nicht anders konnte, als etwas Nettes zu sagen: »Bei deinen Eltern ist das sicherlich was anderes ...«

»Und wieso?«, ließ Kati sich nicht so leicht trösten. Nun stand Hanna auf dem Schlauch. »Weil ...

äh ... weil sie, weil sie dich haben ... das heißt, sie haben ein gemeinsames Glück und darum ... äh ... können sie gar nicht so total unglücklich sein ... sie lieben dich alle beide, und weil in dir von jedem von ihnen etwas steckt, lieben sie sich über dich auch gegenseitig immer noch ein bisschen ... äh ... ja ...«

Ich musste lachen, weil sowohl Hanna als auch Kati völlig verwirrt aussahen. War ja auch eine abenteuerliche Theorie, die Hanna da gerade aus dem Stegreif entwickelt hatte. Aber so ganz abwegig fand ich sie nicht mal. Es war doch klar, dass Katis Vater in Kati immer ein Stückchen von ihrer Mutter sah, und umgekehrt erkannte Felix bestimmt viele liebenswerte Eigenschaften ihres Mannes in Kati. Und so sagte ich bestätigend: »In uns Kindern lebt die Liebe unserer Eltern jedenfalls fort. Egal, ob sie sich trennen oder nicht.«

Im selben Moment ging die Tür des Handarbeitsraumes auf und Vanessa stürmte mit ihrem Kostüm auf dem Arm herein.

»Kati, hier ist eine Öse abgegangen, kannst du die noch annähen bis morgen?«

Kati nahm das Kostüm und inspizierte es. »Kein Problem. Lass es einfach hier.«

Vanessa sah sich um. Dann fragte sie lauernd: »Ihr scheint ja viel Zeit für solche Dinge zu haben. Ist euren Jungs die Lust auf euch vergangen? Hab gehört, ihr seid wieder Singles!«

Was die immer so hörte! Die musste ja riesige Ohren haben und eine lange Zunge dazwischen, mit der sie jedes Gerücht gleich weitergab. Ich wollte sie gerade mit dem Hinweis »Geschlossene Gesellschaft«

rausschmeißen, als sie anfing, von ihrem Reiturlaub bei Markus zu schwärmen.

»Markus ist wirklich toll. Er war so ein geduldiger Reitlehrer und das Fohlen ist ja so was von niedlich! Schade, dass du es noch nicht sehen konntest. Vielleicht tauft er es auf meinen Namen: Vanessa!«

Mit diesen Worten rauschte sie aus dem Handarbeitsraum. Das war ihr Glück, sonst hätte ich sie mit einem Tritt in ihren prallen Hintern selber hinausbefördert. Ich sah ihr wütend hinterher, aber Kati lächelte nur und legte neben Vanessas Kostüm ein fast identisches zweites Outfit auf den Tisch.

»Was ist das?«, fragte ich verdutzt.

Kati grinste ein wenig verschlagen. »Eine verkleinerte Ausgabe von Vanessas Kostüm. Genau gesagt, zwei Konfektionsgrößen kleiner. Es wird morgen aus allen Nähten platzen, wenn sie versucht, sich hineinzuzwängen.«

Sie hielt die beiden Kostüme zusammen hoch. »Die wird sich wundern, wo sie doch seit Wochen eine Ananas-Diät macht. Tja, nützt nichts, wenn man zu fett ist!«

Ich starrte die Kostüme und dann Kati an. »Das ist aber echt böse«, sagte ich und konnte ein schadenfrohes Grinsen nicht unterdrücken. »Sie wird glauben, dass sie zu fett geworden ist für das Kostüm.«

Hanna lachte. »Das ist ja auch der Sinn der Sache.«

Und Kati meinte: »Die Arme wird garantiert Panik schieben.«

Okay, dachte ich, jemand, der sich mit meinem Freund im Stroh wälzte, hatte es nicht anders verdient. Wenn die Liebe nicht mehr süß war, musste es eben die Rache sein.

Es war schon spät, als ich nach Hause kam, aber da meine Mutter ja noch in Paris war, setzte ich mich noch einmal kurz an den Computer, um meine E-Mails zu checken. Insgeheim hatte ich erwartet, dass mir Markus geschrieben hatte, aber ich wurde enttäuscht. Stattdessen war eine Mail von Antony eingegangen.
Hey Mila, Du hast das heute total cool gemacht. Hat Dir die Performance unseres gemeinsamen Songs gefallen?
Du bist wirklich sehr kreativ und inspirierend für mich. Träum was Schönes! Antony
Das fand ich echt lieb von ihm und ich fragte mich erneut, ob Antony ein Junge war, den ich lieben könnte.

In der Nacht hatte ich einen seltsamen Traum. Ich stand an einer Felsenklippe am Meer und Vanessa gab mir von hinten einen Stoß, sodass ich hinabstürzte. Ich fiel und fiel und wusste, dass dies mein Ende sein würde. Aber bevor ich die Wasseroberfläche erreichte, flog Superman persönlich auf mich zu und fing mich mit seinen starken, durchtrainierten Armen auf. Ich war mir am Morgen nicht mehr ganz sicher, aber ich glaube, Superman hatte die Figur und das Gesicht von Antony.

Tja, und dann war der Abend des Festes gekommen. Während letzte Vorbereitungen in der Aula getroffen wurden und Kiwi mit Knolle Luftballons mit Helium aufblies, half Hanna mir, mich für das Funkmikro zu verkabeln. Als Nickel Hanna sah, sagte er deprimiert: »Also, dass meine beste Sängerin jetzt Mikroports anklebt, anstatt zu singen … das … das ist ziemlich bitter …«

»Ich könnte Hanna ersetzen«, bot Kiwi albern kichernd mit superhoher Heliumstimme an. Der Typ hatte doch garantiert 'ne ordentliche Dröhnung Helium aus einem Ballon abgesaugt. Nickel reagierte sauer. »Ihr solltet mit dem Helium die Ballons aufblasen und nicht euch!«

Kiwi kicherte schrill. »Da muss ich was falsch verstanden haben«, kiekste er. So ein Blödmann. Hauptsache, er ging jetzt nicht noch wie die Ballons in Richtung Saaldecke in die Luft.

»Herr Nickel, wir haben einen Notfall!«

Der Hausmeister kam aufgeregt angelaufen und zerrte Nickel mit sich fort. Antony stürzte sich auf Kiwi.

»Hast du einen Knall! Was soll der Scheiß! Wir müssen gleich auf die Bühne! Sieh bloß zu, dass du deine Stimme bis dahin wieder runterholst!«

Aber da sah ich schwarz. Die Jungs von der A-Cappella-Gruppe wohl ebenfalls, denn sie stürzten sich vereint auf Kiwi und flößten ihm etwas ein, was ihn spucken und würgen ließ, aber tatsächlich seine Stimme wieder annähernd auf das Normallevel runterbrachte. Puh, da war ja dann der Auftritt gerettet. Wäre echt schade gewesen, wenn wegen Kiwi der Song von Antony und mir nicht hätte aufgeführt werden können.

Ich ging auf die Hinterbühne und sah noch mal den Ablaufplan durch, der neben dem Lichtpult an der Wand hing. Inzwischen wurden die Saaltüren für den Einlass geöffnet, und als ich noch einmal durch den Vorhang spitzte, war der Saal schon halb gefüllt.

Irgendwie begannen mir nun doch die Knie zu zittern und ich fragte mich, warum ich das hier eigentlich machte. Musste ich mir das wirklich antun? Tobi stand plötzlich neben mir.

»Ist Kiwi wieder okay?«, fragte ich.

Tobi wirkte ein bisschen gestresst. »Noch nicht wirklich, jetzt ist ihm schlecht, aber das wird schon. Am besten fängst du einfach mit der Begrüßung an, der Saal ist nämlich voll.«

Ich atmete ein und aus. Tobi bemerkte meine Nervosität und klopfte mir leicht auf die Schulter, dabei sagte er aufmunternd: »Wird schon, Mila. Du machst das.«

»Und wie sehe ich aus? Gut?«

Tobi wirkte etwas unkonzentriert. »Ja, ja, ist okay.«

Der hatte mich doch gar nicht richtig angesehen. Vermutlich sah ich aus wie eine Vogelscheuche.

»Okay??? Bloß okay?«, fragte ich verunsichert.

Nun machte er endlich seine Glupscherchen auf und schenkte mir einen prüfenden Blick.

»Du siehst fantastisch aus«, sagte er mit frechem Grinsen. »Einfach fantastisch! Dieser lila Frack steht dir echt super.«

Nun übertrieb er sicher, aber besser so als anders. Ich ging zum Bühnenaufgang. Dort begegnete ich Kati, die Vanessas falsches Kostüm auf dem Arm hatte.

»Hat Tobi was über mich gesagt?«, fragte sie.

»Nein, bitte Kati, ich muss mich jetzt konzentrieren.«

Als Hanna hinzukam, wünschten mir beide viel Glück und ich wollte gerade vor den noch geschlossenen Vorhang treten, als mir Antony in den Weg lief. Ich hielt ihn an, um ihm dreimal über die Schulter zu spucken und toi, toi, toi zu wünschen. Dabei kam ich ihm verdammt nahe … hm …

»Irgendwie ist er süß«, murmelte ich.

»Geht's noch?«, hörte ich Hanna plötzlich neben mir sagen. »Mach, dass du auf die Bühne kommst! Knutschen könnt ihr nach dem Fest.«

Knutschen? Da hatte sie ja einen völlig falschen Eindruck bekommen. Aber ehe ich den noch korrigieren konnte, musste ich vor den Vorhang, begleitet von einem Blick von Markus, der in meinem Nacken wie Feuer brannte. Merde, der hatte vom Lichtpult aus doch nicht etwa alles gesehen und dachte jetzt das Gleiche wie Hanna …? Hey Leute, ich habe Antony nicht geküsst!!!

Als ich in den Lichtkegel der Scheinwerfer trat, war ich für einen Moment total geblendet. Dann senkte ich meinen Blick und suchte die Markierung auf dem Bühnenboden. Markus fuhr das allgemeine Bühnenlicht runter und ich stand alleine im Spot.

Das Gemurmel im Saal war mit einem Schlag verstummt und es herrschte eine gespenstische Stille, die vibrierend darauf wartete, von mir mit der Gästebegrüßung durchbrochen zu werden. Ich holte tief Luft. Na denn, konnte ja nur schiefgehen.

»Willkommen, bienvenue, welcome! Meine Damen und Herren, Mesdames et Messieurs, Ladies and Gentlemen. Ich habe die Pflicht ... äh ... große Ehre, Sie heute zur Jahresfeier unserer Schule begrüßen zu dürfen und durch das exklusive Programm zu führen, das Schüler und Lehrer für Sie zusammengestellt haben. Freuen Sie sich auf einen wundervollen, außergewöhnlichen Abend ...«

Ich erhielt freundlichen Applaus und sagte erleichtert die erste Nummer an. »Sie hören nun unsere A-Cappella-Gruppe, die Mountain Brothers.«
Hätte ich auch nur im Mindesten geahnt, wie außergewöhnlich und eher wenig wundervoll der Abend verlaufen würde, ich wäre sofort schreiend zurück in die Berge gerannt.

Die Gruppe begann mit dem Lied, das Antony und ich gemeinsam gedichtet hatten, und sangen dann noch einen zweiten Song. Antony machte den Leadsänger und ich staunte, dass er sich das traute. Ist schon komisch, wenn da einer singt, dass er keinen Mut hat, den Mund aufzumachen, und dann stellt er sich vor so ein riesiges fremdes Publikum und trifft ohne Zittern in der Stimme jeden Ton. Ich sah ihm und seiner Gruppe fasziniert zu und fragte mich, ob ich mich wohl in ihn verlieben könnte? Durchaus möglich, denn er war ja wirklich ein richtig Netter ... Ich schaltete meine Denke ab und lauschte den Songs.
»... *Und so zieh ich meine Kreise ...*
Jeden Tag wie eine Uhr.

*Und wenn ich sterbe, ist es leise
Und von Worten keine Spur.«*

Erst beim Schlussrefrain kam ich geistig wieder zurück in den Saal.

»*… Alles wegen dir – es ist alles wegen dir!*«

Der Applaus war gigantisch und ich dachte grade, dass Rumpelstilzchen sich ordentlich ins Zeug legen müsste, um an diese Leistung von Antony und seiner Gruppe annähernd heranzureichen, als Hanna mich am Arm packte und flüsterte: »Rumpelstilzchen hat Lampenfieber. Der hat sich im Klo eingesperrt und weigert sich aufzutreten.«

Ach du Schreck! Das war ja zu erwarten, aber was machten wir nun? Ich versuchte schnellstens umzudisponieren.

»Könnten wir Marisa mit der Bigband vorziehen?«, fragte ich Hanna. Die nickte. »Wenn du es sagst, machen wir das.«

»Okay, gib ihnen Bescheid.«

Die A-Cappella-Gruppe kam gerade von der Bühne und Antony strahlte mich glücklich an.

»Den Song habe ich nur für dich gesungen, Mila«, sagte er. »Er war ganz alleine für dich.«

Alles wegen *mir* also – hätte ich mir ja denken können, aber so wirklich geschmeichelt fühlte ich mich irgendwie nicht. Dabei konnte ich gar nicht mal sagen, warum nicht. So nickte ich nur kurz. »Ich weiß, Antony, danke.«

Dann machte ich mich auf die Bühne davon, um die Programmänderung anzusagen. Ich zögerte jedoch einen Moment, bevor ich vor das Publikum trat, denn ich hatte das irritierende Gefühl, dass etwas falsch daran war, dass Antony mir diesen Song gewidmet hatte. Es war ein Lied über jemanden, der einfach seinen Mund nicht aufkriegte und darum sein Leben verpasste. War Antony auch so jemand?

Wirkte er nur auf der Bühne cool, kriegte aber im wirklichen Leben, genau wie im Song, den Mund nicht auf? Weder zum Küssen, noch um mir zu sagen, dass er sich in mich verliebt hatte?

Ich schielte zu Markus am Lichtpult rüber und war mir plötzlich sicher, dass ich gar nicht wollte, dass Antony den Mund aufmachte. Ich wollte gar nicht, dass er mir sagte, dass er in mich verliebt war, und ich war auf einmal ganz froh, dass wir uns nie geküsst hatten. Auch wenn mit Markus nichts mehr lief, Antony war jedenfalls kein passender Ersatz. Er war total nett, aber obwohl er sich sogar mit Markus um mich geprügelt hatte, machte er mir keine Schmetterlinge im Bauch. Also, von ganz kleinen Ausrutschern auf der Alm mal abgesehen, aber das galt nicht, da waren wir alle angesichts der Zustände nicht ganz zurechnungsfähig.

Liebe ist oder ist nicht, dachte ich, und wenn ein Blick auf Markus bei mir tausend verschiedene Gefühle auslöste, ein Song, den Antony speziell für mich sang, aber nicht ein einziges, dann war Antony eindeutig der Falsche für mich.

»Vorhang runter!! Vorhang runter!!«, schrie Hanna neben mir, weil Kiwi und Tobi wohl gepennt hatten, dann schob sie mich auf die Bühne.

»Los, Mila, träum nicht. Sag den Programmwechsel an.«

Ich stand irgendwo am unausgeleuchteten Bühnenrand und fand meine Markierung nicht. Da auch für mich das Gesetz galt, dass man die im Dunkeln nicht sieht, nahm mich niemand im Publikum wahr. Ich musste also etwas lauter sprechen, während ich versuchte, wieder auf meine Position zu finden.

»Pardon«, brüllte ich also, »mir, mir fehlt es im Moment gerade mal an der nötigen Erleuchtung…«, freundliches Gelächter, »… also, ich komme nicht wirklich auf den Punkt…«, erneutes Gelächter im Saal, »… also, ich meine, ich suche meinen Orientierungspunkt…«

Gott, was redete ich denn da? Wie kriegte ich denn jetzt ganz schnell die Kurve zurück zum Programm? Ich lächelte ein wenig verlegen. »… Aber wer sucht den nicht, seinen Orientierungspunkt. Unser Mathelehrer, Herr Reitmeyer, zum Beispiel, der jetzt eigentlich auftreten sollte, hat ihn noch nicht so ganz gefunden … also, ich meine, er hat sich ja noch einmal völlig neu orientiert und seine Liebe zur Musik entdeckt. Woran er Sie alle teilhaben lassen möchte.«

Ich schielte zu Hanna rüber, aber sie machte eine abwinkende Handbewegung. Mist, dann hockte Rumpelstilzchen also immer noch auf dem Klo. Was sagte ich denn jetzt mal?

»Er brennt also förmlich darauf, Ihnen vorzustellen, was er mit Herrn Nickel zusammen einstudiert hat, aber leider … äh … wurde er … äh … überfallen.« Ich stockte. Himmel, was redete ich denn da für einen Schwachsinn! Hanna tippte sich an die Stirn. Zu recht. »Äh, ja, also ich meine, er wurde von einer plötzlichen Übelkeit überfallen … darum machen wir einen kleinen Programmtausch und Sie hören jetzt unsere Bigband mit der bezaubernden Marisa. Applaus für die Bigband und Marisa!!!«

Ich machte einen raschen Abgang und stürzte auf Hanna zu. »Was ist mit Rumpelstilzchen?«

»Nickel ist bei ihm gewesen, aber er will sich nicht helfen lassen. Er hat ihn aus dem Waschraum geworfen und sich erneut in einer Klokabine eingeschlossen. Der kommt garantiert bis zum Ende der Veranstaltung nicht wieder raus.«

»Dann soll er da halt verschimmeln!«

Inzwischen bahnte sich ein weiteres Drama an.

Die Bigband begann zu spielen und Kiwi und Tobi sollten langsam einen riesigen Halbmond aus dem Hängeboden herunterlassen, in dem Marisa saß und sang. Das hatte bei den Proben eigentlich immer problemlos geklappt, aber heute war irgendwie der Wurm drin. Entweder waren die Halteseile aus dem Flaschenzug gesprungen oder Tobi und Kiwi hatten zu wenig gefrühstückt, jedenfalls begannen beide zu stöhnen, dass der Mond zu schwer wäre und sie ihn nicht länger halten könnten. Tobi gab plötzlich viel zu viel Seil nach und der Mond bekam heftige Schlagseite. Erst später erfuhr ich, dass Tobi über sein Headset mitgehört hatte, wie Kati zu Hanna sagte, dass sie Tobi schon den ganzen Abend ansehen müsse, ihn so toll fände und sich gar nicht erklären könnte, wie sie sich jemals von ihm trennen konnte.

»Und dann noch für so einen Blödmann wie diesen Robert!«

Tobi hatte nur noch Kati gelauscht und in einer tief romantischen Anwandlung alles um sich herum vergessen. Dabei war ihm das Halteseil des Mondes aus der Hand geflutscht, und als er es wieder fester packte, gab es einen Ruck, der Marisa fast in den Saal katapultiert hätte. Nun hing sie im schiefen Mond und versuchte tapfer weiterzusingen.

Das einzig Gute an dieser Situation war, dass das Publikum es für einen absichtlichen Gag hielt und laut lachend applaudierte. Und so machte es fast gar nichts, als Kiwi wenige Takte vor dem Schluss des Songs das Seil vollends aus der Hand rutschte und der Mond unsanft auf die Bühne krachte.

Ich stürzte raus und versuchte zu retten, was nicht zu retten war. Der Mond lag umgekippt auf den Brettern der Bühne und Marisa wirkte nun doch reichlich verstört. Aber der Applaus half uns dann über die größte Peinlichkeit hinweg und es gelang mir, die Big Band zu bewegen, ein weiteres Stück zu spielen. Als ich die Bühne wieder verließ, zischte ich dem Dirigenten zu: »Spielt alles, was ihr draufhabt, wir haben ein Problem mit Rumpelstilzchen. Ich muss eben klären, ob wir die Tanzgruppe von Frau Berger vorziehen.«

Aber auch da gab es ein Problem. Vanessa stand völlig aufgelöst vor Kati und sah in dem viel zu engen Kostüm aus wie eine Presswurst.

»Du hast ganz schön zugenommen«, sagte Kati gnadenlos. »Wieso schleckst du auch so viel Sahneeis! Bist ja ein richtiges Pummelchen geworden.«

»Pummelchen?! Aber ich schlecke kein Sahneeis. Ich esse seit Wochen morgens, mittags und abends Ananas! So kann ich doch nicht auftreten!«

Wir lachten und Vanessa kriegte die Krise. »Wieso lacht ihr auch noch über mich! Immer seid ihr gegen mich!«

»Frag dich mal, warum?!«, sagte ich und konnte meine Schadenfreude nicht verbergen. Vanessa war nun wirklich die Letzte, mit der ich Mitleid haben musste. So wie die mir Markus ausgespannt hatte.

Sie sah mich giftig an. »Mila kann jeden Scheiß machen und trotzdem stehen die Jungs auf sie. Das ist so was von ungerecht.« Sie ging mich nun direkt an. »Stimmt doch, du behandelst Markus wie Dreck und trotzdem hält er zu dir. Wieso liebt er dich, obwohl du ihn mit Antony betrügst?«

Drehte sie jetzt am Rad? Woher wollte sie das denn wohl wissen?

»Ich weiß es eben«, sagte sie und begann nun zu heulen. »Eine Frau spürt so was und ich habe ja auch Augen im Kopf. Mich liebt er jedenfalls nicht … wahrscheinlich bin ich ihm zu fett!« Sie drehte sich um und verschwand im Bühnengang.

»Los, lauf hinter ihr her, Kati«, sagte ich. »Steck sie ins richtige Kostüm. Die Berger-Truppe muss gleich tanzen und sie hat jetzt ihr Fett weg!«

Kati lachte und nahm die Verfolgung auf.

Also hatte Markus wirklich nichts mit ihr gehabt. Ich konnte nicht leugnen, dass mir das Vanessa plötzlich sehr viel sympathischer machte.

Von da an lief das Programm wie am Schnürchen, nur Rumpelstilzchens Solo würde wohl ausfallen müssen. Nickel war darüber richtig traurig.

»Er singt wirklich gut«, sagte er, »aber das Wichtigste wäre gewesen, dass Herr Reitmeyer einmal selbst erlebt hätte, wie glücklich die Musik macht und dass sie für die Menschen genauso wertvoll ist wie die Mathematik. Schade, da habe ich dann wohl meine Wette verloren.«

Ich nahm Hanna zur Seite. »Hör zu, Hanna«, sagte ich mit fester Stimme. »Du gehst jetzt aufs Männerklo und komm ja nicht ohne Rumpelstilzchen wieder.«

Hanna blockte sofort ab. »Wieso denn ich? Ich bin ja wohl die Letzte, die ihm helfen muss, so wie der mich immer behandelt. Soll er doch da hocken und kotzen bis zum Jüngsten Gericht.«

Das Mädchen begriff aber auch gar nichts.

»Mensch, kapierst du nicht? Eine Hand wäscht die andere. Wenn du ihm auf die Sprünge hilfst, drückt er vielleicht bei der Zeugnisnote ein Auge zu und lässt dich durchkommen.«

»Der doch nicht! Eher würgt er mir noch eine Fünf rein, weil ich ihn in dieser peinlichen Situation gesehen habe.«

Aber das ließ ich nicht gelten. »Versuch macht klug. Los, Hanna, du hast uns das eingebrockt, also löffle es auch aus!«

Sie sah mich fragend an. »Wieso hab ich das eingebrockt?«

»Na, wenn du gesungen hättest, hätten wir Rumpelstilzchen nicht ins Programm nehmen müssen.«

»Aber Nickel wollte doch unbedingt, dass er singt. Mit mir hat das gar nichts zu tun.«

Es wurde mir zu bunt. »Ist doch scheißegal. Schaff den Typ her! Das ist das Beste, was du für deine Mathenote machen kannst. Glaub mir ein einziges Mal.«

Ich packte sie an der Schulter, drehte sie rum und schubste sie von der Hinterbühne.

»Du hast keine Ahnung, was mich das für eine Überwindung kosten wird«, sagte Hanna noch, machte aber dann den Abflug in Richtung Toiletten.

»Von nichts kommt nichts«, sagte ich leise zu mir, »will alles verdient werden.«

»Stimmt«, sagte eine bekannte warme Stimme hinter mir, und als ich mich umdrehte, war da Markus und sah mich mit einem liebevollen Ausdruck an.

»Du machst das echt gut. Ohne dich wäre bestimmt das totale Chaos ausgebrochen.«

Es brach dann doch noch aus und ich konnte erst mal nichts dagegen tun. Plötzlich gab es einen zischenden Knall und das komplette Bühnenlicht fiel aus. Markus rief: »Verdammter Mist!«, und dann war es bis auf ein paar Notlichter zappenduster.

Die Tanzleute von Frau Berger waren gerade von der Bühne runter und der Chor stand schon bereit, und bevor im Saal eine Panik ausbrechen konnte, scheuchte ich die Leute auf die Bühne.

»Dann müsst ihr halt im Dunkeln singen«, rief ich ihnen leise zu. »Oder ihr sorgt mit euren Handys für Beleuchtung.«

Sie begannen erst tatsächlich im Finsteren zu singen, aber bald holten einige ihre Handys heraus, um sie als Taschenlampen zu benutzen und im Takt des Songs damit herumzuwedeln. Wer immer von den Chormitgliedern sein Handy dabeihatte, zog es nun ebenfalls raus und ließ es im Rhythmus der Musik mitschwingen. Bald taten es die Leute im Saal den

Sängern nach und es sah aus, als hätte ein Riesenschwarm von Glühwürmchen unsere Aula geentert.

Ich seufzte erleichtert. So, das lief erst mal. Markus stand noch immer auf der Hinterbühne. Er hatte nun eine Taschenlampe in der Hand.

»Hast du eine Ahnung, wo die Sicherungen sind?«, fragte ich.

Er nickte. »So ungefähr.«

»Na, worauf wartest du dann noch?«

Wir rannten den Bühnengang entlang zum Sicherungsschrank. Ich öffnete die Tür und Markus leuchtete hinein. Wir sahen sofort, dass der Hauptschalter unten war.

Markus versuchte, ihn wieder hochzudrücken, aber er sprang gleich wieder um. Mist.

»Irgendwo scheint ein Kurzschluss zu sein, der legt jetzt alles lahm«, sagte ich.

Markus nickte. »Ist so wie bei uns. Ein Kurzschluss und die ganze Beziehung liegt lahm.«

Er leuchtete mir mit der Taschenlampe ins Gesicht. Ich wandte mich ab.

»Du hast gar nichts mit Vanessa gehabt …«, sagte ich. »Da ist bei mir ganz umsonst eine Sicherung durchgeknallt.«

Er nickte. »Scheint so.«

»Soll ich noch mal versuchen, den Hauptschalter umzulegen?«

»Wenn du glaubst, es bringt was.«

»Doch, glaube ich«, sagte ich und trat an den Sicherungskasten. Mit aller Kraft legte ich den Hebel des Hauptschalters um und hielt ihn noch einen Moment gedrückt. Das Wunder geschah, er sprang nicht zurück und das Licht flammte überall wieder auf. Markus und ich starrten uns an.

»Jetzt fließt der Strom wieder«, sagte Markus.

»War ganz einfach«, stellte ich fest. »Viel einfacher, als ich gedacht habe.«

»Tja«, meinte Markus, »du machst in deiner Fantasie die Dinge ja meist komplizierter, als sie sind.«

»Meinst du?«

»Meine ich.«

»Das ist blöd von mir ... oder?«

Markus nickte. »Ja, sehr blöd, weil alles viel einfacher sein könnte ...«

»Alles?«

»Alles!«

Und als wir uns küssten, wusste ich, dass er recht hatte. Dass wirklich auf einmal alles ganz einfach war. Denn sein Kuss war in diesem Moment goldrichtig! Es war ein Kuss, der in meinem Bauch kribbelte, mein Herz zum Rasen brachte und der mir sagte, dass wir uns liebten. Immer noch liebten. Über allen Stress und alle Missverständnisse hinweg waren unsere Herzen einander treu geblieben.

»Hey, Leute!«, sagte plötzlich eine Stimme hinter uns, »hat das nicht bis nach dem Finale Zeit?« Es war Tobi, der Arm in Arm mit Kati zur Bühne ging. Die beiden hielten sich eng umschlungen und es war klar, dass auch bei denen alles wieder im grünen Bereich war.

Der Clou aber war, dass Hanna es tatsächlich geschafft hatte, Rumpelstilzchen vom Klo und auf die Bühne zu kriegen. So konnte ich ihn am Schluss doch noch ansagen und Nickel gewann seine Wette.

»Die Welt besteht eben auch für Mathelehrer nicht nur aus Zahlen«, sagte ich bei der Ankündigung. »Die Welt ist, Gott sei Dank, viel mehr, sie ist vor allem auch Liebe …« Uups, das gehörte hier doch gar nicht hin. Ich sah, wie Markus mir zunickte, und ergänzte schnell: »… äh, ich meine, sie ist auch Liebe zur Musik. Große Mathematiker waren oft leidenschaftliche Musiker. Wenn eins bisher sicher war, dann war es die Leidenschaft von Herrn Reitmeyer zur Mathematik. Heute haben wir, dank Herrn Nickel, die Gelegenheit, eine andere Seite von ihm zu entdecken.«

Nun hätte Rumpelstilzchen eigentlich auftreten müssen, aber nichts tat sich. Oje, hoffentlich knickte er nicht noch auf den letzten Metern ein!

Ich versuchte, das Publikum noch etwas hinzuhalten und laberte weiter, was mir so gerade in den Kopf kam. Es war bestimmt ganz schrecklicher Sülz, aber seltsamerweise hörten alle zu und es herrschte im Saal eine eigenartig gespannte Stille. Waren die echt so scharf darauf, Rumpelstilzchen singen zu hören? Vermutlich freuten sich die meisten Schüler schon auf seine Blamage! Ehrlich gesagt nahm ich mich da nicht wirklich aus.

Endlich begann die Big Band leise zu spielen und – ich traute meinen Augen nicht – Hanna kam mit dem Mikro in der Hand auf die Bühne und begann zu singen.

»You look for a friend, for someone you can count on … You search for some help and it could be so close …«

Mir fiel ja so was von einem Felsbrocken vom Herzen, als ich ihre Stimme hörte, die schöner klang als je zuvor. Aber völlig von den Socken war ich, als plötzlich Rumpelstilzchen von der Seite her auftrat und die beiden im Duett weitersangen. »*You looking for someone, who just loves the way you are ...* «

Das konnte sich Branko aber mal hinter die Ohren schreiben! Sing mal wie Britney! Der Junge hatte echt einen Schaden. Hanna als Hanna war doch so viel toller. Wenn sie den Mund aufmachte, dann war das Lebensfreude pur, die selbst so einen Griesgram wie Rumpelstilzchen mitriss! Was war ich glücklich, dass Hanna ihre Stimme und den Spaß am Singen offensichtlich zurückgewonnen hatte!

Zum großen Finale kamen alle Mitwirkenden noch einmal auf die Bühne und badeten im Applaus. Später spielte die Big Band ein paar Stücke aus dem Repertoire und auf der Bühne und im Saal begannen die Leute zu tanzen. Nun konnte der gemütliche Teil des Festes beginnen.

»Wie hast du das mit Rumpelstilzchen nur geschafft?«, fragte ich Hanna und drückte ihr meine Bewunderung aus.

Sie lächelte. »Rumpelstilzchen hat mir versprochen, dass er mir ein paar Stunden Nachhilfe in Mathe gibt, wenn ich mit ihm zusammen singe. Alleine hat er sich einfach nicht getraut. Ich fand das ein faires Angebot. Jetzt sind wir quitt und ich glaube kaum, dass er mich noch sitzen bleiben lässt. Das würde ja dann ein schlechtes Licht auf ihn als Nachhilfelehrer werfen.«

Ich lachte und drückte mich enger an Markus.

»Wie ich sehe, ist bei euch alles wieder okay«,

meinte Hanna und sah ein wenig wehmütig zu den Tanzenden hinüber, als Branko hinter sie trat und ihr die Augen zuhielt. Erst riet sie nicht, wer hinter ihr stand, aber als Branko leise sagte: »Kannst du mir noch einmal verzeihen?«, drehte sie sich um und sah ihm geradewegs in die Augen.

»Warum sollte ich wohl?«

»Weil ich der Esel bin, nicht du. Ich war einfach stur auf irgendwelche Popstars fixiert. Dabei singst du auf deine Art so viel schöner und spezieller. Ich bin so froh, dass du wieder singst.«

Mehr kriegte ich von dem Gespräch der beiden nicht mit, weil Markus mich zum Tanzen in den Saal zog.

»Guck mal«, sagte er und deutete auf ein Paar neben uns. »Glaubst du, wir beide lieben uns auch noch so doll, wenn wir mal so alt sind?«

Ich musste zweimal hinschauen, bis ich erkannte, wer da so eng umschlungen und innig küssend tanzte. Dann verschlug es mir fast die Sprache. Das waren doch tatsächlich Katis Eltern.

»Tinka hat meinem Vater wohl gründlich den Kopf gewaschen«, sagte Kati, als wir später alle sechs mit einer Cola an der Bar im Foyer standen. »Er hat sich jedenfalls bei Felix mit einem gigantischen Rosenstrauß entschuldigt und ihr einen Ring zur Erneuerung seines Eheversprechens geschenkt. Mit einem Brilli drin!«

Kati strahlte und drückte sich eng an Tobi, während Branko und Hanna selbstvergessen knutschten.

»Hast du Lust, am Wochenende auf den Hof zu kommen und das Pony zu taufen?«, fragte Markus.

»Es ist noch nicht getauft?«, erwiderte ich überrascht.

»Natürlich nicht! Wo du schon nicht bei der Geburt dabei warst, sollst du ihm wenigstens den Namen geben. Weißt du schon, wie es heißen soll?«

Ich schüttelte den Kopf und dachte erleichtert bei mir: Auf jeden Fall nicht Vanessa! Nicht sie, sondern ich hatte jetzt ein Fohlen mit ihm! Ätsch!

Als Markus mich an sich zog, wusste ich, dass der Kampf sich gelohnt hatte, und mit einem glücklichen Seufzer hauchte ich ihm ganz unaufgefordert ins Ohr: »Ich liebe dich.«

Liebe ist immer ein Risiko, aber ohne Risiko gibt es auch keine Liebe.

Liebe Leserinnen!

Das vorliegende Buch zum Film trägt der Tatsache Rechnung, dass Bücher und Filme grundsätzlich unterschiedliche Medien sind und dass sich Lese- und Sehgewohnheiten ebenfalls sehr unterscheiden.

Hinzu kommt, dass auch bei diesem zweiten Freche-Mädchen-Film nicht ein einzelnes Buch der Hanna-Mila-Kati-Reihe werkgetreu verfilmt wurde, sondern ein bunter Mix aus filmtauglichen Highlights der Reihe. Die mitunter recht freie Zusammenstellung von Motiven und Charakteren unter filmdramaturgischem Aspekt hat also zwangsläufig zu etwas Neuem geführt. Nicht immer passt es, wie z. B. die Trennung von Katis Eltern, in die gewohnte Story aus den Büchern. Auch produktionstechnische Zwänge, wie der Ausfall von Schauspielern, erforderten kurzfristige Reaktionen, etwa das Entwickeln neuer Charaktere, wie z. B. Lehrer Nickel anstelle von Old McDonald, Antony statt Brian.

Um das alles für die Fans der noch laufenden Reihe von Hanna, Mila und Kati ein wenig aufzufangen, habe ich dieses spezielle Buch geschrieben. Es ist ein Einzelband, der nicht in der Reihenfolge der Hanna-Mila-Kati-Reihe platziert ist, sondern als »Buch zum Film« für sich steht.

Dieses Buch erzählt die Filmstory, erweitert sie aber auch im Sinne der bisherigen Reihe. Es erzählt vor allem mehr von den Gedanken und Empfindungen der drei Freundinnen, als es der Film tut, weil er mit seinen Mitteln anders unterhalten will.

Andererseits müssen einige Dinge ergänzend oder verkürzter dargestellt werden, weil das Buch aus der Sicht von Mila erzählt und sie einiges, wie zum Beispiel das Gespräch von Hanna mit Rumpelstilzchen auf der Toilette, nicht mitbekommen kann, weil sie eben kein allsehendes Kameraauge hat. Dagegen spürt sie als gute Freundin sehr wohl, wie Kati unter der Trennungsabsicht ihrer Eltern leidet.

Insgesamt muss ich sagen, dass es bei Weitem einfacher ist, ein neues Buch zu schreiben, aber es war eine interessante Herausforderung.

Allen, die Hanna, Mila und Kati durch den Film kennen- und liebengelernt haben, wird das Buch hoffentlich Spaß machen und natürlich auch all denen, welche schon lange mit Hanna, Mila und Kati durch ihr turbulentes (Liebes)-Leben gehen.

Herzlich
Bianka Minte-König

Der Roman zum Film »Freche Mädchen 2« basiert auf dem Drehbuch zum gleichnamigen Film und den Büchern von Bianka Minte-König aus der Reihe »Freche Mädchen – freche Bücher«. Regie: Ute Wieland, Drehbuch: Maggie Peren

Seite 199: Textzitat aus dem Finalsong »Friends Forever« mit freundlicher Genehmigung der Autoren Ute Wieland und Ulrich Limmer.

Minte-König, Bianka:
Freche Mädchen 2
ISBN 978 3 522 50167 5

Einbandgestaltung: David Maurer unter Verwendung
des Filmplakats der Constantin Film Verleih GmbH
Bildunterschriften: Bianka Minte-König
Schrift: Stempel Garamond
Satz: KCS GmbH, Buchholz/Hamburg
Reproduktion: Medienfabrik, Stuttgart
Druck und Bindung: Friedrich Pustet, Regensburg
© 2010 by Constantin Film Verleih/Collina Film, München,
für das Drehbuch und die Fotos aus dem Film »Freche Mädchen 2«
© 2010 by Planet Girl Verlag
(Thienemann Verlag GmbH), Stuttgart/Wien
Printed in Germany. Alle Rechte vorbehalten.
6 5 4 3 2°   10 11 12 13

www.planet-girl-verlag.de
www.frechemaedchen.de
www.biankaminte-koenig.de
www.constantin-film.de

Freche Mädchen – freche Bücher!

von Bianka Minte-König

Die Bücher zur Filmstory

Hanna, Mila und Kati im Liebesstress

Liebeslied & Schulfestküsse
192 Seiten
ISBN 978 3 522 50034 0
Küsse so zart wie Mousse
au Chocolat

SMS & Liebesstress
192 Seiten
ISBN 978 3 522 50035 7
Branko ist süß. Brian
auch ...

Freche Flirts & Liebesträume
224 Seiten
ISBN 978 3 522 50086 9
Beste Freundinnen kann nichts
trennen

www.planet-girl-verlag.de · www.frechemaedchen.de

Freche Mädchen – freche Bücher!

von Bianka Minte-König

Die Bücher zur Filmstory

Hanna, Mila und Kati im Liebesstress

1 – Handy-Liebe
192 Seiten · ISBN 978 3 522 50102 6

2 – Hexentricks & Liebeszauber
192 Seiten · ISBN 978 3 522 50116 3

3 – Liebesquiz & Pferdekuss
208 Seiten · ISBN 978 3 522 50036 4

4 – Liebestrank & Schokokuss
208 Seiten · ISBN 978 3 522 50058 6

5 – Superstars & Liebesstress
208 Seiten · ISBN 978 3 522 50051 7

6 – Liebestest & Musenkuss
192 Seiten · ISBN 978 3 522 50038 8

7 – Liebeslied & Schulfestküsse
192 Seiten · ISBN 978 3 522 50034 0

8 – SMS & Liebesstress
192 Seiten · ISBN 978 3 522 50035 7

9 – Freche Flirts & Liebesträume
224 Seiten · ISBN 978 3 522 50086 9

www.planet-girl-verlag.de · www.frechemaedchen.de